O Livreiro

Márcia Nolasco

O Livreiro

1ª Edição
POD

Petrópolis
KBR
2013

Edição de texto **Noga Sklar**
Editoração **KBR**
Capa **KBR sobre Arquivo Google**

ISBN: 978-85-8180-095-0

KBR Editora Digital Ltda.
www.kbrdigital.com.br
www.facebook.com/kbrdigital
atendimento@kbrdigital.com.br
55|24|2222.3491

B869 - Literatura Brasileira

Márcia Nolasco é formada em Comunicação Social. Graduou-se em Letras pela PUC-Rio, se especializando em produção de texto-formação do escritor. Começou a escrever em mídias digitais, publicou textos em revistas e foi autora e produtora de roteiros cinematográficos. Publicou contos em diversas antologias. *O livreiro* é seu primeiro romance.

E-mail: mcunha@gbl.com.br

Outras vezes oiço passar o vento. E acho que só para ouvir passar o vento vale a pena ter nascido.

Fernando Pessoa

Aos meus pais (in memoriam).
Aos meus amores, Rubem Filho e Rubem Neto.

Agradeço aos Mestres do Departamento de Letras do Curso de Produção Textual da PUC-Rio, Júlio Diniz, Rosana Khol, Marilia Rothier, Maria Cristina Goes, Pina Coco, e, em especial, a José Carvalho, pela atenção e carinho. Quando decidi voltar a estudar para aprimorar minha escrita, adquirir de novo muitas coisas esquecidas e descobrir as novidades do meio literário, esses mestres foram fundamentais no processo.

Agradeço à minha amiga-parceira-comadre Edméa Campilho pela leitura, ideias, conselhos e paciência ao longo de toda minha vida.

Sumário

Capítulo 1

Era início de inverno, uma manhã cinzenta e fria. As ruas estavam com um movimento mais lento. Poucas pessoas na calçada e poucos carros na rua davam a impressão de que a vida se encolhia.

Ela caminhava apressada, com passos firmes, olhando, de relance, as vitrines das diversas livrarias ao longo da rua, vestida de preto, com um casaco longo sobre as calças compridas, também pretas, e as botas de salto alto que sempre a ajudaram a parecer um pouco mais alta, ainda que não precisasse.

Diminuiu o passo e parou em frente à loja que procurava. Enquanto entrava, reparou rapidamente na fachada, na tinta nova cor de ferrugem, no aspecto sofisticado da vitrine com uma dezena de livros expostos e em uma mulher que pedia dinheiro no ponto de ônibus.

Entrou numa loja de aparência antiga, com uma campainha que toca quando alguém abre a porta. Era espaçosa e bem organizada, com os lançamentos mais vendidos na entrada e o que pareciam ser livros raros e preciosos posicionados, estrategicamente, ao lado de duas poltronas bergère. O teto tinha desenhos e sancas muito antigas junto às paredes.

A decoração era bem cuidada, o que tornava o ambiente mais aconchegante.

Dirigiu-se ao balcão de atendimento, vazio naquele momento, e parou, notando os livros e panfletos ali espalhados. Vindo dos fundos da loja, um homem, com andar meio apressado, se aproximou um pouco vacilante, por trás do balcão. Apoiou as mãos displicentemente e olhou timidamente para ela.

— Bom-dia! Posso ajudar?

Ela olhou para ele com um leve sorriso, percebendo como o homem era atraente, mas tentou disfarçar. Aparenta uns quarenta anos, vestido com calças jeans, camisa social branca e pulôver preto por cima, tudo de bom gosto, ela pode reparar. Sua pele é extremamente branca, contrastando ainda mais com a roupa preta. Seus cabelos, também pretos, estão um pouco mais compridos do que o normal, precisando de um corte. Olhou para as mãos e aprovou o que viu: eram de rara beleza.

— Bom-dia! Estou procurando um livro que, segundo pude me informar, está esgotado. Mas, pelo que vi, você tem obras raras aqui, e talvez com sorte eu encontre o que estou procurando.

Ele apenas a observou em silêncio. Ela continuou falando, rapidamente como era seu costume.

— Além do mais, uma amiga me disse que o dono desta loja é a pessoa que mais entende de livros que ela conhece, e que talvez pudesse me ajudar... Ou até soubesse de alguém que poderia ter o livro, caso não o encontre aqui — parou de falar e olhou para o fundo da loja para ver se via mais alguém. Pensava em falar com o próprio dono, mas parece não haver mais ninguém.

Fixou o olhar no rapaz do balcão e prestou mais atenção no seu rosto, nos olhos de um azul profundo e nos lábios que tentam não sorrir. Ficou em silêncio, o observando um pouco.

Ele pareceu ficar um pouco mais tímido, meio encabulado. Demonstrou estar sem graça e mais sem jeito do que antes. Começou a falar, gaguejando um pouco.

— Gentileza da sua amiga pensar assim. Qual é o livro?

— É um livro de Hemingway... — ela começa hesitante, procurando algo dentro da bolsa. Quando encontra uma pequena caderneta, retorna o olhar para ele e faz um leve sinal de reconhecimento com a cabeça. Sorri para ele agora, abertamente.

— Acabei de te reconhecer, você é o dono da loja, vi sua foto em uma revista literária... *O livreiro*. Desculpe, estou te deixando sem graça, não é? Sempre acabo fazendo isso...

— Não, tudo bem. As pessoas passaram a vir mais aqui depois daquela matéria na revista... Eu acho... Descobriram os livreiros. Meu pai começou o negócio, e eu aprendi desde cedo, talvez por isso sua amiga pense que sei... sobre livros... — continuou meio tímido, tentando não gaguejar, mas na verdade está fascinado pela mulher, que é muito bonita e extrovertida.

Abaixa então o olhar para o caderninho dela onde está anotado o nome do livro, *Adeus às Armas*. Depois volta a olhar para ela.

— Realmente, está esgotado. Não tenho aqui na loja. Sinto muito...

Ela soltou um leve suspiro e sacudiu os ombros antes de falar.

— Pena, é para uma matéria que estou escrevendo. Pode se tornar um documentário, e queria ser mais precisa pontuando o texto com citações dele.

— É jornalista... — ele apenas constata, sem perguntar. Depois, parecendo tomar uma decisão, fecha o caderninho e o devolve para ela.

— Tenho um exemplar em casa... Posso trazê-lo e você poderia dar uma olhada aqui...

Ela abriu um sorriso enorme e fez que sim com a cabeça.

— Sério? Quando eu poderia vê-lo?

— Amanhã, no final do dia, é quando estarei aqui... Sinto muito, eu realmente não estou acostumado a emprestar meus livros... Mas, aqui, você poderá ler um pouco e fazer anotações... — disse, demonstrando constrangimento e tentando não gaguejar.

Quando acabou de falar, deu um pequeno sorriso, como se pedisse desculpas. Ela sorriu de volta, reparando que ele podia ser mais bonito ainda quando sorria. Seus olhos eram fascinantes.

— Para mim está ótimo. Sempre emprestei meus livros para todo mundo e tem sempre alguém que não devolve. Também fico triste, mas, por outro lado, acho que os livros devem circular, passar por várias mãos, serem lidos por todos, não acha? Desculpe, não queria dizer isso — percebe que falou além da conta e disfarça, olhando em volta, andando próximo ao balcão e reparando mais uma vez nos detalhes da decoração, o belo tapete persa que cobre grande parte do assoalho junto à porta e as estantes de livros, que são de madeira escura, e bem organizadas. Alguém deve ter o hábito de arrumar sempre os livros e tudo que está ali. Volta para o lugar onde estava e sorri de novo para ele.

— Bem, adorei o lugar, sua livraria é linda. Vou aproveitar para ver com mais calma amanhã, porque agora já estou atrasada para a redação do jornal. Tenho reunião de pauta e meu editor já deve estar nervoso com a minha demora.

Enquanto falava, olhou para o relógio e caminhou para a porta de onde lhe disse adeus em voz baixa. Ele sorriu timidamente de volta, acenando levemente.

— Até amanhã — mas só consegue verbalizar a frase depois que ela já fechou a porta e estava na rua. Ele olhou primeiro para a porta e depois através da vitrine, viu que ela deu uma breve parada e em seguida fez sinal para alguém, um táxi, ele supôs. Abaixou os olhos para o balcão, apoiou as duas mãos sobre ele e respirou fundo, lembrando, nesse instante, que não sabia o nome dela.

Fora da livraria ela sente um leve tremor que a faz parar por um instante na calçada vazia. Olhou para a rua e constatou que não estava ventando. Andou até o meio-fio e fez sinal para um táxi que estava passando, entrou nele e disse ao motorista para ir para o centro da cidade. Poucos minutos depois, quando chegou à redação do jornal, estava mais do que atrasada. Assim que saiu do elevador, andou apressada por entre as mesas de seus colegas, que estavam sempre com os computadores ligados e muitos papéis espalhados.

Falou com as pessoas rapidamente, enquanto andava em direção à sala de vidro no fundo. Pôde ver quatro pessoas sentadas em torno da mesa de reuniões, seu chefe, dois editores — um de moda e outro esportivo — e o estagiário. Entrou na sala e ainda escutou a voz alterada de seu chefe, que estava falando com um rapaz meio pálido e com os olhos baixos.

— Não vou colocar essa foto na primeira página do jornal de amanhã. Encontre outra decente, tem cinco minutos para voltar aqui com algo realmente no meu padrão. Fui claro?

O estagiário estava amedrontado, embora não fosse a primeira vez que passava por tal situação.

— Mas, chefe, eu...

— Não discute, vai agora, não quero saber a sua opinião.

O rapaz abaixou a cabeça e deixou a sala passando por ela, que lhe deu um leve tapinha no braço. O Editor-chefe, de cara fechada, olhou para ela e fez um aceno para que se sentasse ao seu lado. Ela obedeceu, cumprimentou a todos rapidamente e depois olhou para ele, sem sorrir.

— Desculpe o atraso, Nick. Estava procurando livros de Hemingway para aquele documentário e perdi a hora. Qual a minha matéria para amanhã?

— Gentileza sua aparecer para nossa reunião, que começou há meia hora. Já lhe pedi que não misturasse as coisas. Seu documentário não é assunto do nosso jornal diário, esqueceu? Por isso, use o seu tempo livre para as suas pesquisas. A matéria de amanhã é a cobertura do show de jazz do irlandês. Aqui está o hotel etc. Quero bem legal — ele fala rápido e a olha com seriedade.

Ela assente com a cabeça, em silêncio. Pouco depois ele encerra a reunião e os dois editores deixam a sala. Ela olha para ele enquanto se prepara para fazer o mesmo, está com pressa de sair dali.

— Você não precisa ficar tão nervoso por causa do meu atraso. Algo mais aconteceu hoje de tão ruim para estar assim?

— O de sempre, incompetência generalizada. E além do mais, detesto atrasos, você sabe — e jogou sobre a mesa os papéis que tinha nas mãos. Também resolveu se levantar e veio em direção a ela. Quando falou, seu tom de voz estava mais baixo e menos raivoso. — Estou sob pressão. Não é nada com você. Preciso melhorar umas coisas por aqui. Nada de errado com seu trabalho, ok? Quer jantar hoje?

A capacidade que ele tinha de mudar de assunto rapidamente, sem sequer alterar nenhuma linha de seu rosto, era na opinião dela sua marca registrada. *Como ele podia agir dessa maneira, sempre?* — ela pensava. Ele não sorria, apenas seu tom de voz ficava um pouco mais brando.

— Não sei a que horas vou terminar a entrevista hoje. Já falamos sobre não jantarmos juntos. Preciso de um tempo.

— Tempo para esquecer ou para lembrar?

Ela sacudiu a cabeça, andando em direção à porta e apressando o passo.

— Já conversamos sobre isso. Tempo de deixar quieto. Falamos depois — e saiu da sala sem sorrir.

Ele se jogou na cadeira, com a cara emburrada. Olhou com seriedade para a porta fechada e só depois de algum tempo começou a escrever no notebook. No mesmo instante, a secretária, através do viva-voz, avisou que tinha uma ligação.

Já do lado de fora, ela andou rapidamente em direção à sua mesa. Sentou-se, respirou devagar e abriu seu notebook para ver os e-mails. Sacudiu a cabeça para tentar espantar as lembranças que vez por outra a assombravam, do tempo em que ela e Nick eram noivos; ele sempre fora difícil, mas quando estavam fora da redação se comportava melhor, e quando ela queria implicar com ele, o chamava de quase-humano.

No trabalho sempre tivera o mesmo comportamento, era muito agressivo com as pessoas, ficava nervoso com facilidade. No relacionamento deles era ciumento, chegando mesmo a ser inconveniente muitas vezes, cismava que alguém tinha interesse por ela e passava dias a perturbando com o mesmo assunto. Não se controlava nunca. Mas, finalmente, há seis meses estavam separados, e assim ficariam para sempre. Sem retorno da parte dela. Naquele momento, pensava que a cada dia ficava mais difícil trabalhar com ele.

Em seguida, ao mesmo tempo em que olhava a tela e checava suas mensagens, pegou na bolsa a caderneta de anotações. Folheou o caderninho até à página onde estava a lista dos livros de Hemingway. Levantou os olhos da página e deu um largo sorriso ao se lembrar da livraria e do homem tímido e encantador que conhecera naquela manhã.

Empurrou a porta com o pé e entrou em casa carregando

a pasta de trabalho, a bolsa e um vaso de plantas que estava com o porteiro, ele sempre tentava ressuscitar suas plantas. O cheiro de comida que vinha da cozinha era muito bom, de ervas, provavelmente de Provence. Sua amiga Débora, que estava passando um tempo com ela enquanto as obras de sua casa não terminavam, estava sempre aprontando coisas deliciosas. Eram amigas da vida inteira, como ambas se denominavam, desde a adolescência, o que, para Sofia, era desde sempre. Não conseguia se lembrar de fatos anteriores à entrada da amiga em sua vida. Por isso, brincavam muito sobre uma ser a memória da outra, e isso era reconfortante para ambas.

— Olá... Cheguei! Onde você está? — disse, enquanto batia a porta e atravessava a sala.

— Sofia, estou aqui, na cozinha!

Deixou a pasta e a bolsa sobre o sofá e foi à cozinha carregando o vaso de plantas, percebendo, enquanto caminhava pelo corredor, que a faxineira deixara tudo arrumado e limpo. Encontrou Débora no balcão da cozinha com uma travessa enorme na sua frente, cheia de folhas verdes. Vestia um vestido simples de um tom azul, com um enorme avental branco sobre ele, o que fazia com que parecesse mais gorda do que era de fato. Seus cabelos, do tom mais ruivo que Sofia já vira em alguém, estavam presos no alto em um coque bem folgado. Alguns fios teimavam em cair sobre seus olhos e ela simplesmente os assoprava.

Seus olhares se encontraram assim que Sofia entrou na moderna cozinha toda em branco e prata, no momento, meio bagunçada em função do jantar. Débora lhe sorriu. Sofia se aproximou e trocaram beijos carinhosos.

— Estou fazendo aquela salada que você adora, com muito molho, claro! Ervas...

— É muito bom ter você aqui em casa. Vou ficar mal acostumada depois que sua reforma terminar. Não quer esquecer seu apartamento e ficar aqui de vez?

A outra lhe sorriu de volta, acenando negativamente com a cabeça.

— Você é minha melhor amiga. Somos as melhores amigas! Mas você não me aguentaria por muito tempo, nós sabemos! E quando estou com os enfadonhos trabalhos de tradução, você sabe que fico insuportável! Além das visitas...

Sofia se senta perto do balcão, deixando o vaso sobre um aparador, e concorda com ela.

— Verdade, aquele trânsito masculino ia mexer um pouco comigo — diz, colocando um pedaço de queijo na boca.

— Só porque não é da sua faixa etária, *darling*!

— Com certeza. Você é muito papa-anjo...

As duas dão sonoras gargalhadas.

— Quer ajuda?

Débora faz que não e aponta o vinho do outro lado da cozinha

— Não... Ah! Abre aquele vinho que deixei sobre a pia para gente.

— Uau! Francês, claro! Obrigada, Deus, por ter trazido esta mulher para minha casa!

Sofia olhou para o teto e depois de volta para a amiga que sacudiu os ombros e levou a travessa para a mesa com uma mesura, como os *chefs* costumam fazer.

— Temos sempre que ter o melhor. Em tudo! Venha, sente-se. Conte-me seu dia. Nosso amigo te encheu muito hoje?

— O de sempre. Mas tenho uma novidade fantástica, e não é com o Nick, lógico!

O jantar é servido e começam a provar um pouco da comida. Débora encara a amiga.

— Qual o motivo de tanto suspense? Quer que eu implore? Que novidade é essa?

— Não precisa implorar! Conheci um homem hoje de manhã. Muito interessante! — ela enfatiza, demorando um pouco mais na última palavra, e sorri com ar de conspiração.

— E onde o achou?

— Em uma livraria, por causa do meu possível documentário sobre Hemingway.

— Já pedi para você não falar no documentário como uma suposição. Você tem que fazer. Esqueça aquele jornal, já te disse para sair dele.

— Sim, sargento! Prometi pensar no assunto e estou fazendo isso — disse, agora um pouco mais séria. Deu um leve suspiro e bebeu um gole de vinho. Depois voltou a olhar para a amiga, que estava de braços cruzados olhando para ela.

— Então, me conta, quem é o cara? Vai continuar fazendo isso comigo? Ainda não consegui resolver essa ansiedade na análise. Isso é sadismo!

— É irresistível te torturar assim! Pois é, fui a uma livraria que me indicaram no jornal. Uma colega fez uma matéria com um livreiro para uma revista literária, e quando comentei sobre a dificuldade de encontrar obras de Hemingway, ela me deu o endereço. Fui lá e o conheci.

— Dá para chegar à parte importante? Ele trabalha na livraria? Foi entrevistado por quê?

— Ele é o dono da livraria. É entendido em obras raras, sabe tudo sobre os autores e livros difíceis de encontrar... Existe essa profissão, chama-se "livreiro".

— Ele é dono de um sebo? Deve ser meio velho... Que coisa mais... mais... romântica! Faltam-me as palavras — disse Débora, ironizando. Prendeu o riso e bebeu mais vinho. Sofia caiu na gargalhada também.

— Quer que eu conte ou vai ficar me gozando? Não é um

sebo? Ok? É meio sebo, mas é chique! Ah! Esquece, não dá para falar a sério com você!

— Oh, por favor. Prometo que vou me comportar. Foi irresistível! Você foi lá, e aí? Ele tinha o livro e te deu e você o achou legal, foi isso?

— Não, ele não me deu o livro. Ele tem o livro e vai deixar que eu o veja amanhã... Não estava lá, não é da livraria. É do acervo pessoal, eu acho.

Sofia terminou o jantar elogiando a comida. Serviu mais vinho para ambas e recostou-se na cadeira, esperando o que a outra ia perguntar. Sabia que teria que dar a ela todos os detalhes, ou ela não a deixaria em paz. Resolveu contar tudo que aconteceu desde o momento em que entrou até quando saiu da livraria, detalhes do lugar e da conversa.

Sua amiga ouviu calada, apenas arqueava as sobrancelhas, como era seu costume. Terminou seu vinho e a encarou.

— E você gostou dele, não é? Mas me diga, ele é gago? Ou é tímido? Tem uns quarenta anos?

— Por Deus, sei lá! Acho que ele é muito tímido, porque não é bem gago, ele hesita um pouco em algumas palavras. Mas se for só charme, é bárbaro! E acho que está com mais ou menos quarenta.

— Não consigo entender seu gosto, mesmo! — ela faz cara de nojo, como se não pudesse imaginar alguém achar charmoso um homem tímido e com aquela idade. — Mas ele é bonito, não é?

— Muito! Demais! Além da conta!

— Ok. Já chega. Me poupe. E vai fazer o que, amanhã?

— Vou lá, ora, e falar sobre o livro e... só.

— Como assim? Perdi alguma parte do que você contou? Não vai puxar papo, tentar sair com ele de lá, sei lá, fazer alguma coisa?

— O que, por exemplo? Dizer assim: "Olha você é demais e eu estou a fim de alguma coisa com você... Tipo assim, sair... Sua casa ou a minha...?"? — Sofia arregalou os olhos enquanto falava.

— Tolinha, não pode vir para cá, eu estarei aqui. Lembra? Melhor a casa dele — — disse Débora, tranquilamente e sorrindo, balançando a cabeça.

— Não acredito nisso! É lógico que não vou à casa dele. Você é doida, incurável!

A outra fez cara de ingênua e sorriu.

— Sei disso. Escute, você sabe do que estou falando. Há muito tempo você não menciona alguém que não seja aquele seu editor-chefe monstro, com quem um dia você quase se casou. Por isso, não perca essa chance. Não o deixe passar, já que ele parece ser interessante. Precisarei ver isso. Não é melhor eu ir com você, amanhã? — fez um sinal com as mãos, como se estivesse tendo uma grande ideia, o que só fez com que Sofia a olhasse horrorizada.

— Nem pensar! Conheço você demais para saber que ia me deixar nervosa, muito nervosa! Ele iria sair correndo, isso sim. Aliás, já acho que ele vai sair correndo. Parece que eu o intimido, sei lá. Tenho medo de brigar com ele, sabe, não ser muito doce.

— Impossível você é doce. Tá meio fria, depois do trauma do Nick, mas está melhorando. Quem mandou se meter com ele? Eu te avisei. Além do mais, homens com mais de cinquenta, são bons para as viúvas, divorciadas, mulheres com filhos, porque vira meio avô, você sabe, menos sexo semanal, essas coisas.

— Para, por favor? Você me tira o fôlego! Você não tem tratamento, sabia? — disse Sofia, suspirando.

— Sei. Tô pensando em mudar de analista, só para mexer

um pouco. Estou com o mesmo há três anos e não senti diferença. Você sentiu? Ah! Já ia esquecendo, comprei duas entradas para o teatro na sexta, é uma peça ótima, mas não quero levar o Marcos, porque acho que ele não vai entender nada. Brincadeirinha... Não é por causa dos vinte aninhos dele, mas quero me divertir com minha amiga. Quer ir comigo? *Please*?

As duas sorriem. Sofia dá um abraço na amiga e faz que sim.

— Você realmente não tem salvação. Mas eu te amo. Iremos ao teatro na sexta. Agora vamos deixar tudo na cozinha para a Maria dar um jeito amanhã. Preciso ler umas coisas ainda, se é que conseguirei, depois de tanto vinho.

Começam a tirar a mesa e levam tudo para a cozinha. Débora diz boa-noite, vai para o quarto de hóspedes e liga a TV, pois precisava traduzir uma fita de DVD para uma empresa de comércio exterior. Era um trabalho grande, que precisava terminar o mais breve possível, pois a obra do apartamento estava estourando todo o seu orçamento mensal e precisava de mais dinheiro do que de costume.

Sofia acenou também e disse boa-noite. Pegou a pasta de trabalho que estava no sofá e levou para o quarto. Na verdade leu muito pouco, não conseguia se concentrar. A conversa com Débora a toda hora retornava à sua mente. Sim, estava muito interessada no livreiro, vinha sempre à lembrança aquele rosto, tímido e bonito, inesquecível.

Capítulo 2

Acordou no horário de costume, mas ficou com preguiça de sair de casa. Acabara lendo o que devia somente na manhã seguinte, e quase se atrasou para o jornal. Mas, conseguiu chegar a tempo e logo depois começaram a reunião de pauta. A reunião estava no padrão normal, tensa. Nick estava mais nervoso do que nos outros dias e Sofia não estava entendendo bem por quê. Depois da distribuição de tarefas e alguns comentários sobre assuntos do dia que eram importantes, e após todos saírem, ela permaneceu na sala e se aproximou mais dele.

— O que está havendo, Nick? Por que tantas matérias sobre política esta semana?

Ele soltou um grande suspiro antes de observá-la, estreitando o olhar para ver como ela estava bonita esta manhã. Sofia vestia saia e blusa de um tom cinza escuro. Os cabelos estavam soltos sobre os ombros e usava maquiagem leve, como era habitual. Também, com aquele rosto, não precisava de nada mais. Ele nunca se cansaria de admirar sua beleza, pensava, meio triste.

— A direção do jornal está preocupada porque estão do lado do candidato da situação, como sempre. E esse candidato da oposição pode ser danoso para os negócios, por suas ideias, sei lá. Querem descobrir algum podre sobre ele e estão me pressionando, ou para descobrir ou para inventar.

Sofia pensou que ele podia ter mil defeitos, mas até onde o conhecia, era ético, e inventar poderia ser muito perigoso no futuro, seu nome estava em jogo.

— Estão me oferecendo muito para descobrir algo, qualquer coisa que manche seu nome. Até uma editoria internacional, cargos para meus eleitos etc. Você mesma poderia se beneficiar disso, caso eu consiga.

Ela olhou para ele de um jeito sombrio.

— Não quero nada disso. Muito menos sair do país.

— Talvez não. Mas como não quer mais a minha companhia, pensei que seria uma boa oportunidade para se livrar de mim. Não é o que mais quer atualmente?

Ela resolveu partir em retirada, pois ele já estava falando sobre os dois novamente.

— Se quisesse fazer isso profissionalmente já teria saído do jornal. Acho que somos adultos o suficiente para sabermos separar as coisas. Admiro você como profissional. Posso não concordar com sua postura mais dura, às vezes, mas isso nada tem a ver com o que houve entre nós no passado.

— Passado? Meus sentimentos por você não mudaram. Ah! Esqueça esse assunto. Cheque suas fontes sobre Felipe Gomes, e me avise. E fique de ouvidos e olhos abertos, qualquer coisa pode valer muito.

Ela apenas assentiu com a cabeça antes de sair da sala. Era impossível tentar conversar com ele sem que ocorressem novas discussões. Passou o dia trabalhando normalmente e mal podia esperar para sair do jornal perto das seis horas. Estava ansiosa para ir à livraria. Ficava tentando convencer a si mesma de que era apenas curiosidade pelo livro que ele lhe emprestaria, mas, a verdade era outra. Estava mesmo ansiosa para revê-lo.

Antes de deixar o escritório foi ao toalete e se produziu um pouco, passando um batom e ajeitando os cabelos com uma falsa tranquilidade. Já estava em dúvida sobre se estava com a roupa certa, batom certo e tudo o mais. *Pura insegurança* — pensou, balançando a cabeça para o seu reflexo no espelho. Se afastou com um longo suspiro, pegou suas coisas e foi embora.

Pouco depois das seis estava entrando na livraria. Pegou um tráfego pesado no caminho e se preocupou se estaria atrasada. Quando passou pela porta da livraria, se surpreendeu com o que viu. Nessa hora da tarde era um lugar quase que totalmente diferente da véspera. Havia várias pessoas, algumas em pé, próximas às estantes, outras sentadas nas confortáveis poltronas, outras ainda de pé, folheando os livros. Poderia dizer que estava com a lotação esgotada, de tanta gente.

Quando se refez da surpresa, encontrou atrás do balcão de atendimento uma senhora, de rosto simpático, dando-lhe um caloroso sorriso.

— Boa-noite, seja bem-vinda. Algo que posso fazer por você, hoje?

Ela retribuiu o sorriso afável e se aproximou.

— Boa-noite. Estou à procura de Marc, combinamos de nos encontrar aqui neste horário. Ele já chegou?

Como não haviam se apresentado na véspera, ela tinha vasculhado os arquivos do jornal à procura de reportagens em que o nome dele aparecia. Não foi difícil, e foi bom porque ficou sabendo como ele realmente entendia de livros. Era um dos livreiros mais famosos do país.

A senhora alargou mais o sorriso e fez um gesto, como se lembrasse algo muito importante.

— Você é a jornalista. Ele me avisou que viria. O livro está na sala dele, ele pediu que a conduzisse até lá para que tivesse privacidade para fazer sua pesquisa.

Ela saiu do balcão e fez um sinal para que a seguisse em direção ao fundo da loja. Sofia o fez em silêncio, entrando na segunda porta, um ambiente claro e simples. A pouca mobília, porém, era muito bem escolhida. Reconheceu dois belíssimos quadros nas paredes, de artistas de renome. Sobre a mesa lotada de livros, bem arrumados em várias fileiras, havia também um abajur, um telefone e o computador. A senhora apontou para um livro separado sobre a mesa. Sofia se aproximou e o pegou.

— Por favor, fique aqui, esteja à vontade. Gostaria de uma xícara de chá?

— Não quero dar trabalho...

— Não dá trabalho. Vou lhe trazer uma xícara. Mas, por favor, sente-se e fique o tempo que quiser.

Sofia agradeceu meio sem graça, mas a única outra cadeira que havia, sem ser a dele, estava ocupada com livros. Não havia bagunça, muito pelo contrário, era aconchegante, assim como toda a livraria. Era apenas natural que a sala dele fosse assim. Ela tomou coragem e perguntou.

— Ele não está aqui hoje?

— Precisou sair por uns instantes, mas volta logo, a tempo de tomar o chá com você. Fique à vontade, preciso voltar à loja, pois a essa hora é sempre muito movimentada.

Sofia agradeceu mais uma vez, enquanto a senhora saiu da sala deixando a porta entreaberta. Finalmente se sentou na cadeira e olhou para o livro à sua frente. Tirou da bolsa sua caderneta e uma caneta, e em seguida começou a folhear o livro. A cada dia gostava mais de Hemingway, confirmava ter feito a escolha certa para seu documentário. Era o escritor que mais admirava, não só pela obra, mas também pela vida marcada por muitos acontecimentos bons, como os prêmios literários

— o Nobel em 1954 e antes ainda o Pulitzer em 1953 — e outros tristes.

Admirava-o também por ser um jornalista engajado, que até numa guerra conseguiu entrar para poder se informar. Este livro *Adeus às Armas*, que já estava procurando há muito tempo, tinha sido escrito em 1929; o personagem principal feminino era uma jovem heroína inglesa, Catherine Barkley, totalmente inspirada na namorada que ele tinha na época, uma enfermeira de nome Agnes. O livro era importante, principalmente, porque ela queria fazer um paralelo entre o texto e a morte do pai do autor, por suicídio, no mesmo ano; sua mãe havia lhe enviado pelo correio a pistola com que ele se matara.

Através de suas pesquisas conseguira descobrir que, para Hemingway, sempre ficou a dúvida sobre se a mãe tinha lhe enviado a arma para que ele fizesse o mesmo depois, ou para que ter uma lembrança dele. A verdade é que Hemingway tivera uma vida difícil, marcada por muitos casamentos e tristezas emocionais, e que terminou como a do pai, suicidando-se em 1961, também por arma de fogo. Coincidência ou premeditação? Eram as perguntas que iria fazer em seu projeto. Agora, com este livro, tudo se encaixava perfeitamente. Hemingway morreu quando já estava muito doente e com a lucidez muito abalada. A vida dele seria retratada com a maior fidelidade possível.

Não soube precisar quanto tempo passara ali, lendo e fazendo anotações, quando Marc entrou na sala sorrindo, segurando uma bandeja com chá e biscoitos. Ela retribuiu o sorriso e se levantou, um pouco agitada. Ele fez sinal para que se sentasse e apoiou a bandeja sobre a mesa. Depois tirou os livros da cadeira, colocando-os na mesa, em cima de uma das diversas pilhas, e sentou em frente a ela.

— Olá, desculpe... Precisei sair e não pude estar aqui

quando chegou. Como prefere o chá? — seu olhar se desviou dela para a bandeja.

— Tudo bem. Foi muito gentil de sua parte me deixar ficar aqui na sua sala. Puro.

Ele olhou para ela, sem entender.

— O chá, gosto dele puro.

— Claro, o chá... — parecia que ele havia esquecido o que tinha lhe perguntado. Voltou-se para a bandeja e começou a servir as xícaras enquanto falava.

— Está gostando... do livro?

Seus olhares se encontraram enquanto ele lhe passava a xícara, que ela pegou tocando levemente na sua mão. Quando o fez, sentiu um leve entorpecimento no rosto. Baixou os olhos para a xícara e depois para o livro.

— Muito bom. Adoro a obra dele, o *Velho e o Mar* é o meu preferido. E este aqui — ela apontou para o livro sobre a mesa — eu não tinha achado em lugar algum. Há outros que também gostaria de ler, mas são raros, às vezes...

— É verdade... — ele apenas concorda e experimenta o chá. Recosta-se na poltrona e ela faz o mesmo.

Ele segue falando sobre outras obras de Hemingway e ela comentando o que já leu e gostou do autor. Fala sobre sua pesquisa para o documentário e em como tinha sido bom encontrar a livraria, elogia o lugar, não só pelo acervo, mas pela beleza do ambiente. Ele agradece o elogio, meio sem graça. Ela percebe que enquanto ele falava sobre os livros, quase não havia gaguejado. Reparou que ele hoje está vestido de um jeito um pouco mais formal, com um paletó marrom sobre camisa e calça de um tom escuro de bege. Ele ficou em silêncio, observando-a também.

— A livraria é sempre cheia assim neste horário?

— Sim. Margot sempre pede minha ajuda ao final do

dia. Embora saiba muito, está há anos conosco, fica sempre um pouco nervosa quando há muita gente perguntando... por isso... procuro estar aqui...

Sofia fechou sua caderneta e o livro.

—Obrigada por tudo. Não quero atrapalhar, se precisa atender as pessoas.

— Não... Agora, Margot deve estar fechando...

Sofia olhou para o relógio e viu que eram quase oito horas.

— Nossa! Fiquei tão entretida que não reparei que passou tanto tempo!

— Bons livros têm esse poder, nos transportam para outros lugares... Perdemos a noção do tempo.

Ela concorda. Termina o chá e coloca a xícara na bandeja, se levanta e ele faz o mesmo.

— É melhor eu ir embora, não quero te prender, já foi tão gentil comigo.

— Bobagem... é... não gostaria de mais um chá?

Ela agradeceu e pegou a bolsa, que havia deixado no chão. Ele colocou as mãos no bolso, a observando. Caminhou até à porta e esperou por ela. Quando passou por ele, aprovou o perfume suave que ela usava.

Quando chegaram à loja, Margot estava vestindo o casaco e lhes acenou já junto à porta.

— Oh, meus queridos, já tinha esquecido que estavam aí. Te vejo amanhã, Marc. Não demore a voltar, meu bem — disse, olhando para Sofia, que agradeceu a acolhida e lhe disse até breve. Margot os deixou sozinhos.

— Bem, agora é minha vez de deixá-lo. Mais uma vez, obrigada pela ajuda. Gostaria de retribuir de alguma maneira. Quem sabe gostaria de jantar?

Tomado de surpresa pelo convite, ele a encarou mais sem

jeito do que antes.

— É... Jantar?

Ela sorriu.

— Sim, você costuma jantar? Ou não? — ficou com vontade de rir da cara assustada dele. Ele era, realmente, totalmente tímido, ela pensava, enquanto aguardava pela resposta.

— Desculpe... eu...

— Olha, tudo bem. Não quero que pense que...

Ela não acreditava que havia dito isso, nem que ele fosse ficar daquela maneira. De repente, pensou que ele deveria ser casado ou ter alguém, e ela estava ali o convidando para sair.

— Você nem sabe o meu nome e eu estou aqui te convidando para sair... Sofia — disse, e balançou a cabeça como se estivesse errada. — Eu queria retribuir sua atenção te convidando para jantar comigo, amanhã.

Ele sorriu de volta, aceitando o aperto de mãos que ela oferecia. Ela soltou a mão dele, relutante, como se pudesse ficar assim com ele por muito mais tempo.

— É... que amanhã eu não posso... Tenho um compromisso. E...

— Tudo bem. Fica para outro dia, então — começou a andar em direção à porta. *Melhor bater em retirada* — pensou, já havia se oferecido demais. Ele a alcançou bem perto da porta e tocou levemente no seu braço.

Ela parou, olhou para ele.

— Não, espere. Você poderia vir... amanhã... tenho um jantar na casa... de um grande amigo... E gostaria muito que viesse... comigo.

— Mas nem conheço seu amigo. Não quero que se sinta obrigado a me levar porque eu o convidei para sair.

Ele sacudiu a cabeça, negando.

— Não é isso... Acho que você gostaria de conhecê-lo, e

quero mesmo que venha comigo... Somos amigos de infância... Ele é um artista plástico... poderíamos ir juntos.

Ela relaxou um pouco e estreitou o olhar.

— Marc, não sei. Quer mesmo?

Ele estava mais sério agora, e mais próximo do que deveria, pensou. Era difícil tirar os olhos daquele rosto. Ela parecia pensar o mesmo, ele era muito mais bonito, assim, tão de perto, ela quase o toca quando fala.

— Ok. Tudo bem. Acredito em você. Mas, então, venho te buscar. É o mínimo.

Ele assente, achando desnecessário. Ela retorna para a porta.

— Te apanho aqui ou na sua casa?

— Vou te dar meu endereço.

Ele andou até o balcão, pegou um cartão da livraria e anotou seu endereço no verso. Passou o cartão para ela, que o guardou na bolsa.

— Mas... Não precisa... eu posso ir buscá-la...

— Faço questão, Marc.

Ele abriu a porta da loja para ela e sorriu.

— Então, pode ser às oito?... O jantar é próximo à minha casa, podemos ir a pé.

— Estarei lá. Mais uma vez, obrigada. Até amanhã — se aproximou e o beijou levemente no rosto.

Ele pareceu estar totalmente despreparado para isso. Engasgou antes de falar.

— Até... amanhã. Sofia.

Ela riu do jeito dele. Acenou e saiu para calçada, com ele logo atrás. Havia um táxi parado bem em frente. Estava vazio, ela fez sinal para o motorista, que abriu a porta para ela entrar. Olhou para Marc que continuava lá, no mesmo lugar, na calçada, esperando ela ir embora.

Quando o carro começou a se movimentar, ela acenou e ele correspondeu. Ficou ali na calçada muito tempo ainda depois do táxi dobrar a esquina. Finalmente sabia seu nome, que era tão belo quanto ela. Sofia.

Capítulo 3

Durante todo o dia seguinte, Sofia não conseguiu parar de pensar em Marc. Às vezes, ria sozinha lembrando-se de como o convidara para jantar; outras, apenas ficava pensando no rosto e no jeito dele.

O dia na redação foi tumultuado. Nick estava cobrando de todos informações sobre o candidato Felipe e pressionando para que descobrissem algo. Por conta desse estresse, a redação estava ainda mais tensa. Todos estavam sendo pressionados, e era horrível trabalhar assim. Sofia adorou quando chegou o fim do dia e pôde finalmente ir para casa.

Chegou pensando no que iria vestir para ir ao jantar com Marc na casa do amigo dele, porque queria se produzir muito bem para a ocasião. Encontrou Débora rapidamente, porque ela também tinha um compromisso, e não deu para a amiga pegar muito no seu pé. Contou-lhe sobre o jantar e a outra a ajudou a escolher um vestido preto, o preferido de Débora, mas Sofia também gostava muito. Era simples, tinha um caimento perfeito e não mostrava muito, só insinuava. Deixava seus braços à mostra, e hoje precisaria compor com um casaco por causa do frio.

Quarenta minutos depois, estava saindo de casa em direção à casa dele. Conseguiu chegar pontualmente às oito horas. O bairro em que ele morava era repleto de casas antigas e grandes. Ela adorava aquele lugar, sempre imaginara que gostaria de um dia morar ali, mas era um bairro mais caro e chique. Finalmente achou a casa, antiga, de três andares, como um sobrado. Era pintada de um bege muito claro, quase branco, portas e janelas quase da mesma cor das paredes. Tinha um jardim na frente, muito bem cuidado, ao lado dos degraus que levavam à porta de entrada. Estacionou bem em frente.

Quando estava começando a subir, ele abriu a porta e sorriu. Ela ficou surpresa quando ele apareceu, como se estivesse colado no vidro da janela vendo-a estacionar. Sorriram um para o outro. Ela havia pensado em não beijá-lo de novo, mas desta vez foi ele quem o fez, timidamente, hesitante, beijou-a levemente no rosto.

— Olá. Podemos ir caminhando por aqui, a casa dele é na esquina.

— Ótimo. Vamos caminhar — ela concordou, descendo os degraus para caminharem lado a lado pela calçada.

A noite estava apenas um pouco fria, não muito para aquela época do ano. Comentaram sobre as casas ao longo da rua, sua arquitetura e antiguidade. Ele parecia gostar muito do bairro. Quando chegaram em frente à casa da esquina ele parou e fez sinal para subirem um pequeno caminho de pedras até à porta principal.

Era uma casa maior ainda que a dele, pintada de uma cor mostarda; o conjunto era muito bom. Ele apertou a campainha e um homem sorridente, mais ou menos da mesma idade de Marc, os convidou para entrar, um minuto depois de ele tocar. Beijou Sofia calorosamente e abraçou longamente o amigo.

— Que bom que estão aqui! Muito prazer, Sofia, seja bem-vinda! Querido Marc, acho que não nos vemos há um mês?

Ela percebeu que ele também era bem bonito, mas muito mais extrovertido do que o amigo. Marc sorriu timidamente, e ele os conduziu a uma enorme sala de estar, com uma decoração que misturava peças antigas com modernas. As paredes estavam repletas de quadros, cada um mais belo do que o outro. Havia mais um casal, uma mulher chamada Carolina, que era a sua agente, e o marido, Eduardo. Marc já os conhecia, e se cumprimentaram.

Sentaram-se em um dos sofás, lado a lado. O anfitrião lhes serviu champanhe e propôs um brinde à sua futura exposição que abriria no fim de semana.

— Aliás, Sofia, você é minha convidada no vernissage de sábado. Sempre fico tão tenso, quero todos meus melhores amigos juntos. E se é amiga de Marc, pode estar certa de que é minha também, a partir de hoje.

— Obrigada. Irei com prazer. Já conheço suas obras. Quando Marc falou que era artista plástico, não sabia que era Diogo Ventura. Sou sua fã.

Ele sorriu mais abertamente ainda.

— Marc, amei sua amiga! Tem bom gosto, perfeita! Além de ser lindíssima.

— Pare, Diogo, vai deixá-la sem graça — alertou Marc, e virou-se para Sofia, estava bem junto dela agora.

— Nunca! Falo apenas a verdade. Reconheço alguém de personalidade forte assim que vejo. Sabia que somos amigos de infância? Desde os dez anos. Ele sempre me defendia dos outros colegas que queriam me bater, porque eu era o menor, franzino... Entre outros problemas... Fiz aquele pato com laranja que você adora — já estava olhando para Marc outra vez, antes de dar uma sonora gargalhada.

Sofia já havia reparado que ele era gay. E muito espirituoso e inteligente. Foi uma noite muito divertida. O casal amigo também era simpático, fazia muitas piadas entre si. Em alguns momentos, ela achou Marc mais relaxado, tinha parado de gaguejar. Mas sempre que alguém falava sobre ela ou ele, ele recomeçava. Houve um momento engraçado quando Diogo perguntou há quanto tempo eles estavam juntos, e Marc engasgou com o vinho. Ela respondeu que eram amigos há pouco tempo, e Diogo piscou o olho, fazendo que tinha entendido.

O pintor adorava implicar com o amigo, o que fez durante um bom tempo. Avisou que no sábado todos iriam conhecer seu novo namorado, estavam juntos há um mês, e segundo ele, muito apaixonados. Marc disse que já há algum tempo não o via com ninguém e Diogo respondeu que estava à procura da pessoa certa.

Era muito interessante a amizade dos dois, Sofia pensava, enquanto olhava de um para o outro. Eram tão diferentes, mas ao mesmo tempo pareciam muito próximos, realmente amigos. Ela pôde conhecer Marc um pouco melhor, assim, entre amigos, do que se estivesse sozinha com ele. Soube que amava animais e já possuíra vários, inclusive mais de um gato que tinham aparecido em sua casa e conviviam bem com seu labrador, que já estava com mais de seis anos; que amava a profissão e viajava bastante para adquirir livros raros. Tinha uma carreira internacional também: livreiros do mundo inteiro o procuravam para descobrir novos autores.

Diogo já era um artista de renome. Fazia também esculturas, porém nesse campo estava começando. Ficara famoso por causa das telas imensas e coloridas que pintava. Sofia lembrou que uma vez, anos atrás, fizera a cobertura de uma coletiva da qual ele fizera parte dele, e que na época acabou entrevistando outro artista, não ele. *Pena* — pensou, enquanto os observava — *adoraria ter conhecido Diogo antes, era um cara bom e extremamente divertido.*

Já era quase meia-noite quando se despediram. Ela prometeu ir à exposição e depois fizeram o caminho de volta até a casa de Marc, lentamente, a pé. Embora tivessem bebido muito champanhe e vinho não estavam alterados, apenas mais relaxados, ela achou. Quando estavam próximos da casa, ela soltou um suspiro que não passou despercebido.

— O que foi? — ele tocou levemente em seu braço.

Ela parou e o olhou.

— Foi apenas um suspiro de pena, por a noite ter terminado. Adorei seus amigos. Obrigada por ter me convidado.

Ele parou também e balançou a cabeça, sorrindo.

— Achei que ia adorar o Diogo, todos gostam dele. Também fiquei feliz por você ter vindo.

Ela o encarou e se aproxima um pouco mais. Ele parou de sorrir e a observou também.

— Mesmo?

— Sim... Claro...

Ela continuou o olhando fixamente. Ele parecia meio confuso, sem saber o que fazer.

— Aceita um café ou chá... antes de ir...

Ela sorriu, bem próxima a ele agora. Pensou que adoraria beijá-lo, e imaginou se ele também gostaria. Não sabe bem se aceita ou não o café. Poderia ser perigoso, mas também poderia ser muito bom. Como ela não respondeu nada, ele sorriu timidamente e pegou sua mão.

— Deve ser um sim... um café — ele a conduziu pelos degraus, e, sem soltar sua mão, abriu a porta de casa. Assim que o fez, um labrador preto pulou sobre ele, quase o derrubando. Ela caiu na gargalhada, enquanto ele tentava afastar o cão e agradecer o carinho ao mesmo tempo.

— Ok, Tom, tudo bem. Temos visita, comporte-se... Entre... Eu fecho a porta. Perdoe, não consigo domesticá-lo. O nome é Tom, embora todos pensem que seja um gato quando me perguntam o nome do meu animal...

Ela se abaixou e começou a afagar o cão, que adorou, virou-se em sua direção e agora a lambe também. Ele acendeu as luzes e mostrou uma porta à direita, onde entraram Era a cozinha.

Ela e o cachorro a seu lado pararam no meio do aposento. Ele andou até uma cafeteira de café expresso em cima de uma bancada perto da pia e começou a preparar o café. Ela reparava na cozinha antiga, mas equipada, quando, finalmente, Tom pareceu perder o interesse por ela e se voltou para o dono, que afastou o cachorro enquanto terminava de fazer o café. Ela se sentou em um banco alto, próximo a uma mesa, e esperou.

Marc lhe entregou uma xícara de café e pegou outra para si. Tom finalmente deitou-se aos seus pés.

— Ele é lindo. Adoro cachorros, também. Já tive vários. No momento estou sem nenhum e sinto falta. A gente se apega, sofre com eles, mas é muito bom.

Ele concordou em silêncio, bebendo seu café. Ficaram ali falando sobre bichos, marca de café, a decoração da cozinha. Quando o assunto pareceu acabar, ela resolveu ir embora, ele disse que ia levá-la até o carro. Enquanto caminhavam, combinaram de ir juntos à galeria no sábado, só que dessa vez ele iria buscá-la. Ela lhe deu o endereço junto com número do celular. Ele anotou tudo em um caderno, numa mesa próxima à porta. Quando já estavam na calçada, ela tomou a mão dele entre as suas.

— Obrigada pela noite, jantar, café.

— Obrigado eu... também... Adorei — demorou um pouco na última palavra. Beijou levemente sua mão e chegou bem perto dela. Ela não se afastou, muito pelo contrário, não saberia nem dizer quem beijou quem primeiro. Quando viu, estava totalmente enroscada nele em um beijo de tirar o fôlego.

Sofia não saberia dizer quanto tempo ficaram ali, no meio da calçada, se beijando, e o que para ela demorou bastante para ele foi maravilhoso, deixou um gosto de querer muito mais. Se separaram, meio relutantes, e ela achou que afinal o vinho fizera algum efeito. Estava muito leve e feliz. Ele a levou até o carro em silêncio. Ela entrou e baixou o vidro, olhando-o também.

— Nos vemos no sábado. Te espero.

Ele se inclinou e apenas tocou-lhe de leve os lábios. Ela retribuiu da mesma maneira, e embora quisesse ficar ali com ele para sempre, quando ele murmurou um tchau e se afastou, ligou o carro e saiu devagar. Pôde olhá-lo pelo retrovisor e sorriu com a lembrança. *Que beijo mais maravilhoso... Que homem!* — pensava Sofia, enquanto dirigia para casa.

Capítulo 4

Tudo que Sofia queria era se encontrar de novo com Marc. Passara os três dias seguintes ao jantar só pensando nele. Tentava se concentrar no trabalho, pois Nick continuava pressionando a todos para que obtivessem algo sobre Felipe Gomes e sobre a plataforma política de um partido que sempre fora conservador. Era o único assunto que agora interessava ao jornal.

Quando dava por si, percebia que estava se lembrando do jantar, do café, do beijo. Pegou no roteiro do documentário e foi escrever a parte do livro que ele lhe emprestara, mas só pensava na conversa que tiveram na livraria. Débora lhe disse que ela estava nas nuvens, e que estava difícil manter um contato terrestre com ela.

O final da semana demorou um pouco, mas finalmente chegou. Foi ao teatro com Débora na sexta-feira, como haviam combinado e ela ficou pegando no seu pé porque ela ainda nem havia dormido com Marc e já estava em transe; ficava só imaginando como a amiga ficaria depois. As duas riram bastante e relaxaram um pouco.

No sábado, ela já estava pronta quando ele chegou e tocou o interfone. Tinha comprado um vestido novo, longo, verde, e colocara um casaco que ia quase até o chão, quase no mesmo tom. Deixara os cabelos soltos e usava apenas rímel e batom. Desceu rapidamente até à portaria.

Ele estava encostado em um carro à sua espera. Estava todo de preto e usava um sobretudo. A noite estava mais fria, e ela pensou que ele estava irresistível dentro daquele casaco. Quando já estava bem perto dele, parou e sorriu. Ele a beijou levemente no rosto e a ajudou a entrar no carro. Ela murmurou boa-noite e retribuiu o beijo.

No caminho para a galeria, falaram pouco. Ela comentou o gosto musical dele, apreciou o jazz instrumental que tocava no som do carro. Quando chegaram, o lugar estava lotado. Pensaram que seria difícil achar alguém. Desviando-se das pessoas, falando com um e com outro conhecido, encontraram Diogo em um grupo, do qual ele se afastou assim que os viu. Aproximou-se abraçando e beijando Sofia. Depois, os dois amigos se cumprimentaram com um abraço.

Ele disse que estava nervoso, como sempre ficava em estreias, e queria que eles vissem tudo. Acompanhou-os por um tempo fazendo comentários sobre as peças, e depois se afastou para falar com outros convidados.

Beberam, beliscaram uns canapés, comentaram sobre a beleza das peças e que fantástico artista era Diogo. Não se separaram por toda noite. Riram muito. Ele era engraçado, fazia comentários inteligentes, e ela estava muita inspirada também. Quando já tinham terminado de ver tudo, andando sempre bem próximos e vez por outra de mãos dadas, olharam em volta tentando encontrar Diogo, mas o tinham perdido na multidão. De comum acordo, resolvem sair à francesa. Rindo, entram rapidamente no carro, não querendo ser notados. Ele a observou nesse momento, antes de ligar o carro.

— Amanhã ele vai aparecer lá em casa, perguntando por

que não ficamos até ao final...

— Se você prefere ficar... Podemos... — ela olhou mais séria para o rosto dele, que balançou a cabeça e deu a partida. Começou a dirigir devagar e voltou a olhar rápido para ela.

— Gostaria de tomar um café... Lá em casa?

Ela fez que sim com a cabeça, em silêncio. Pouco depois, ele estacionou o carro. Os dois desceram praticamente e se encontraram no primeiro degrau da escada, antes da porta de entrada. Ele se apressou em abrir a porta e Tom apareceu de estalo sobre eles.

Agora, reconhecendo-a, faz carinho nela também. Ele fecha a porta e consegue afastá-lo um pouco. Antes de acender as luzes, quando ainda estão bem próximos da porta, ela o puxa para mais perto e lhe dá um beijo.

Sonhara em fazer isso desde o início da noite, e resolveu que não iria mais esperar. Ele retribuiu com uma intensidade que a deixou fraca. Ela encostou-se à parede para não cair, com ele praticamente colado nela. Não acenderam as luzes. Ficam ali por vários minutos se beijando.

Depois, ele tirou o casaco e fez o mesmo com ela. Pegou suas mãos sorrindo, puxando-a na direção da escada. Subiram quase caindo por causa da pressa de chegar até ao quarto dele. Tom, meio sem entender, parou em frente à porta. Marc fez sinal para que o cachorro ficasse ali, enquanto entravam no quarto e recomeçavam a se beijar.

Sofia acordou com a claridade que entrava pela janela. Olhou a cama e percebeu estava sozinha. Sentou-se um pouco, sem saber direito onde estava. Depois, com um sorriso, se espreguiçou, lembrando-se da noite maravilhosa que tivera com Marc. Fora perfeito. Ele era intenso e carinhoso e ela havia chegado ao paraíso com ele.

Ela chamou Marc, mas não teve resposta. Levantou-se

da cama e foi até ao banheiro. Encontrou um pote sobre a pia com várias escovas de dente; escolheu uma. Ajeitou os cabelos e vestiu o roupão branco que estava sobre uma poltrona.

Enquanto descia as escadas, chamando por ele, escutou barulho vindo da cozinha, ouviu vozes de uma conversa animada. Ele a tinha escutado.

— Sofia! Estamos aqui na cozinha!

Ela entrou pela cozinha meio sem jeito e encontrou três homens tomando café e comendo pães, comentando sobre a exposição. Marc se levantou assim que ela entrou, se aproximou e a beijou no rosto.

— Não quis acordá-la. Estava preparando nosso café quando eles chegaram.

Ela olhou para Diogo, que se aproximou e a beijou calorosamente. Ela retribuiu mais relaxada, agora que viu quem ele era. Afinal, estava vestida apenas com um roupão masculino sobre o corpo e descalça.

— Seus pombinhos fugitivos! Quando os procurei ontem, haviam desaparecido. Nem pude apresentá-los a Felipe — ele apontou para o outro homem que estava em pé, atrás da mesa. Era mais alto que os outros, usava óculos de aros bem finos e tanto sua camisa como as calças eram de jeans.

Ele estendeu a mão para cumprimentá-la e apertou sua mão, se apresentando. Ela fez o mesmo.

— Olá. Diogo estava ansioso para que a gente se conhecesse, mas, ontem por causa de outro compromisso, cheguei mais tarde à galeria.

Ela assentiu. Marc a levou para a cadeira vazia perto dele e todos se sentaram.

— Essa campanha política vai acabar com você, Fil — Diogo sorriu para Felipe enquanto falava.

Sofia havia ficado na dúvida antes, quando olhara para

ele. Mas agora, confirmou suas suspeitas. O namorado de Diogo era Felipe Gomes, acabara de reconhecê-lo. Fora apresentada ao político do partido conservador, que, no momento, era o foco das atenções do jornal em que trabalhava; o homem sobre quem Nick precisava descobrir e publicar algo de qualquer maneira estava bem ali, na sua frente, tomando café da manhã entre amigos. *Interessante este mundo* — pensou Sofia, antes de aceitar a xícara de café que Marc lhe estendia, sorrindo.

Depois de alguns minutos, Sofia estava totalmente integrada à conversa, que rolava solta e natural entre os amigos. Riram muito juntos. Diogo estava inspirado e Felipe era muito bem-humorado e simpático, a conversa inteligente e engraçada. Não soube dizer por quanto tempo os quatro ficaram na cozinha de Marc, saboreando o café da manhã. Mas calculou que havia se passado uma hora quando terminaram.

Despediram-se perto da porta de entrada. Marc os acompanhou até o pequeno *lobby*, antes dos degraus que levavam à rua. Ela aproveitou para circular pela sala, olhando as estantes de livros. Ficou admirando a imensa coleção e virou-se na direção da porta quando ele retornou. Ele a observou de longe.

— Desculpe, eu não sabia que viriam... embora Diogo tenha essa mania de tomar o café aqui... às vezes.

Ela apenas balançou a cabeça, como não se importasse com o fato de estar vestida daquele jeito. Afastou-se da estante e andou em sua direção, mas não chegou muito perto. Ele lhe sorria e também usava um roupão, só que preto.

— Incrível este mundo, eu estava pensando em Diogo e... em Felipe. Um artista e um político... — ela disse, quase como para si mesma, mas ele a escutou.

— Ele impressionou muito bem, não achou?

— Sim.

Ela preferiu não fazer mais comentários sobre Felipe; estava pensando muito em Nick e na história do jornal, por isso não queria falar com Marc sobre o assunto, ainda. Precisava pensar com mais calma, ainda estava sob o choque do encontro, da estranha coincidência. Enquanto o observava, começou a achar que ele estava tímido de novo, menos relaxado do que antes, quando estavam na cozinha. Soltou um suspiro e apertou um pouco mais o roupão junto ao corpo.

— Bem, acho melhor subir e trocar de roupa...

— Não quer tomar uma ducha? — ele ofereceu, e ela assentiu levemente. De repente, estava se sentindo meio tímida, também. Não sabia como agir com ele e não sabia por quê. Quando ia passando, Marc segurou-lhe uma das mãos. Ela o encarou e ambos sorriram um para o outro. Ele não a impediu de se soltar e continuar caminhando em direção à escada, o toque das mãos foi breve e superficial, ela pensou.

Subiu rapidamente os degraus e entrou apressada no quarto, procurando suas roupas. Pegou o vestido e entrou no banheiro, trancou a porta e se olhou no espelho. Por que estava se sentindo meio deslocada agora? Seria por causa do encontro com Felipe, por não saber como iria agir? Havia passado uma linda noite de amor com Marc, estava ainda mais envolvida por ele neste momento, mas alguma coisa estava errada. Sacudiu a cabeça com força como se assim pudesse espantar esses pensamentos estranhos.

Pouco tempo depois, estava pronta. Encontrou-o no quarto.

— Está com pressa de ir embora? Quero dizer... Tem algum compromisso?

Ela balançou a cabeça, negando. Ele reparou em como ela estava bonita daquele jeito tão natural, com os cabelos molhados, talvez nem se desse conta disso. Ela queria muito saber o que se passava na cabeça dele quando lhe fez a pergunta, mas não encontrou nenhuma resposta nos seus olhos.

— Por que quer saber?

Ele continuou olhando para ela e, como se tivesse tendo uma ideia, pegou sua mão de novo, só que dessa vez a apertou um pouco mais.

— Poderíamos dar uma volta... caminhar um pouco. Tem um belo jardim aqui perto, não quer ver?

Sofia olhou para seu vestido e depois para ele, de roupão.

— Você vai assim?

Ele sorriu, soltando suas mãos.

— Desculpe. Vou me trocar e saímos.

Ela assentiu em silêncio, rindo do jeito sem graça dele. Ele andou em direção ao banheiro. Sofia olhou pela janela e viu que estava um dia bonito, embora estivesse muito frio, como pôde constatar pelas pessoas andando encasacadas e encolhidas na calçada. Resolveu descer e esperar embaixo, na sala. Tom lhe fez companhia.

Não demorou ele desceu, e logo depois estavam na calçada, com o cão andando junto deles. Duas ruas abaixo, depois da esquina da casa de Diogo, havia realmente um belo jardim. Mesmo agora, no inverno, com várias folhas das árvores caídas pelo caminho, permanecia muito bonito. Era uma praça não muito grande e algumas pessoas estavam sentadas nos bancos. Alguns liam, outros conversavam entre si. Não havia crianças, ela reparou, apenas alguns adultos aqui e ali.

Estavam em silêncio desde a saída da casa. Marc soltou Tom da coleira, mas o cachorro ficou cheirando por perto e logo depois se deitou aos seus pés, quando se sentaram num dos bancos. Ela soltou um breve suspiro admirando o céu, e quando voltou os olhos, ele a estava observando.

— Está tão quieta...

— Sempre acabo falando muito...

Ele assentiu em silêncio e estreitou o olhar em direção a ela. Depois colocou a coleira de lado e se aproximou. Ela ficou esperando para ver se ele dizia algo, mas ele ficou quieto.

— Sabe, Marc, a noite foi... muito especial — se ouviu gaguejando como ele, e quase riu de si mesma.

Ele sorriu e mexeu no cabelo dela, colocando-o atrás das orelhas para que pudesse ver seu rosto melhor. Os dois usavam casacos e luvas e ele estava meio desajeitado por causa disso. Ela o ajudou, depois ficaram em silêncio por um minuto, se olhando apenas. Ele se aproximou e a beijou levemente nos lábios, apenas um breve toque, antes de perguntar:

— Mas...?

Ele falou tão baixo que ela custou a entender.

— Não sei o que dizer...

— Está um lindo dia... Não acha? — ele disse, enquanto observava o céu e as pessoas por perto; acariciou o cão e sorriu para ela.

— Estou sozinho há muito tempo... E você?

— Depende do ponto de vista...

— Não precisa ser um problema. Precisa? — ele perguntou, encarando-a intensamente.

Ela ficou quieta, aquele olhar mexia muito com ela. Sentia muita atração por ele, e estava louca para beijá-lo, talvez só precisasse disso... Abaixou os olhos. Olhar para ele, às vezes, era uma intensa tortura. Estava confusa. Achava que era melhor ir embora. Talvez quando se afastasse pudesse encontrar algumas respostas. Estava com a sensação de que não estava sendo leal com ele, não lhe contara nada sobre Nick e a história do jornal com Felipe.

— Marc, acho melhor eu ir embora... tenho um trabalho para terminar...

Ele olhou meio sem entender, mas logo se refez e assentiu.

Colocou a coleira em Tom e quando se levantou lhe ofereceu uma das mãos para ajudá-la a se levantar. Ela sorriu, deixou sua mão na dele e assim caminharam de volta para casa. Devagar, em total silêncio, suas mãos entrelaçadas, bem apertadas. Ele olhava para a rua, observava as pessoas. Ela olhava para ele, reparava no seu perfil espantosamente bonito, seu andar preguiçoso e elegante.

Sentiu um leve aperto, como uma leve pontada na altura do peito, quase uma dor. Sacudiu os ombros e inspirou o ar de inverno lentamente, até que a dor passasse. Depois fez como ele, olhou para o movimento da rua, as pessoas andando, enquanto imaginava: o que poderia ser melhor do que andar assim, de mãos dadas, num início de tarde de domingo?

Sorriu de leve e quando o olhou de novo, ele estava fazendo o mesmo, olhando e sorrindo para ela. Sofia pensou que adoraria beijá-lo.

Capítulo 5

Quando entrou em casa, encontrou Débora deitada no sofá da sala com uma bolsa de gelo sobre os olhos. Estava tudo à meia-luz lá dentro. Sacudindo a cabeça, achando graça do estado da amiga, tentou não fazer barulho enquanto andava pela sala, mas quando estava a caminho do quarto ela a chamou.

— Não precisa fugir de mim só porque não dormiu em casa, não puxarei suas orelhas!

Sofia começou a rir e deu meia-volta, parando perto do sofá. Débora tirou a bolsa de gelo dos olhos e a observou, sorrindo.

— Deve ter sido uma noite e tanto, para chegar agora, não foi?

Sofia assentiu e sentou-se na poltrona próxima do sofá. As duas sorriram uma para a outra.

— Foi mesmo. Maravilhosa! Ele é encantador...

— E o que mais a perturba, além do fato de ele ser muito encantador? Vejo uma leve sombra nos seus olhos...

— Você me conhece demais, só isso. E a sua noite, como foi? Está de ressaca. Quem foi a vítima?

— Ah, detesto quando fala assim, me sinto uma verdadeira bruxa, devoradora de meninos indefesos! — deixou o saco de gelo de lado, puxou os cabelos para trás das orelhas e encarou seriamente a amiga. — Era apenas um garoto, bonitinho, estudante de engenharia ou arquitetura. Não lembro! Mas, não fuja do assunto, foi perfeita demais a sua noite e isso a incomodou porque está ainda mais apaixonada por ele, ou é outra coisa?

Sofia deixou-se cair para trás no encosto da cadeira. Parou de sorrir e encarou a amiga.

— Acontece que descobri uma coisa que está tirando o meu sossego. Lembra do Diogo, artista plástico, amigo de Marc? — Débora fez que sim e chegou mais perto, ficando na ponta do sofá, para olhá-la de frente. — Pois é, o namorado dele é o Felipe Gomes, o político.

— Uau! Isso é que é fofoca! Aquele cara com cara de santo? Perdoai, Senhor! Não resisti ao julgamento do pobre! — Débora disse, olhando para o teto, depois encarou Sofia de novo.

Sofia ficou um minuto em silêncio, só olhando para a amiga.

— Ah, entendi, essa ressaca me deixou meio lenta, hoje. Lógico, o Nick está louco para descobrir algo sobre o pobre e você ficou sabendo de uma parte, digamos, muito importante da vida dele. Não pretende contar para ele, não é?

— Sabe que não. Mas também não tive coragem de contar para o Marc que estão procurando qualquer coisa que manche a reputação dele. Sou jornalista... e o que ele vai pensar quando souber?

— Relaxe, querida. Ele não vai pensar nada, porque você não será a pessoa que vai contar. Não entendi... por que não se abriu com Marc?

Sofia deu um longo suspiro. Levantou-se, andou pela sala, tirou o casaco e colocou a bolsa sobre uma mesa.

— Primeiro, fiquei surpresa, só conheci Felipe hoje, no café da manhã. Depois, eu e Marc conversamos pouco, tive a impressão de que estava demais na casa dele... ou estava tão preocupada com a história toda que não me sentia confortável lá. Percebe?

— Tudo, tô percebendo tudo... Você precisa contar para Marc sobre o seu jornal, inclusive para tentar alertá-lo, de alguma maneira, sobre a investigação. Podem chegar a ele por outros caminhos. Não tinha ninguém da imprensa na galeria?

— Tinha, inclusive o repórter fotográfico do jornal, fugi dele a noite toda. Mas podem ter fotografado Marc, Diogo e o próprio Felipe, que chegou depois, nós já havíamos ido embora...

Débora sorriu abertamente para a amiga.

— Claro! Loucos por uma noite romântica, sozinhos, na casa dele. Ele é bom de cama?

— Não vou responder... desista!

— Sei que é pela sua cara feliz, bobinha!

Débora levantou-se devagar, segurando a cabeça com as duas mãos.

— Ai! Minha cabeça ainda dói, vou voltar para a cama. E você, o que pretende fazer, hoje?

— Vou ler um monte de coisas do jornal e dormir cedo. Quer uma aspirina?

Débora fez sinal negativo com a cabeça e deu um abraço leve na amiga antes de andar em direção ao quarto.

— Não pense que nosso assunto acabou. Só preciso estar em forma para conversarmos melhor. Jantamos juntas? Que tal pedirmos uma comida chinesa, para variar?

— Fechado. Vá dormir! — jogou um beijo quando Débora já estava no corredor. Sofia se deitou no sofá e fechou os olhos. O melhor era pensar só na noite de amor com Marc e no passeio no parque, depois daria um jeito no resto.

O toque estridente do celular, sobre a mesa de trabalho, a trouxe de volta à realidade. Ainda sob o efeito do susto, atendeu.

— Pretende não me ligar até quando?

Ela sorriu ao reconhecer a voz de Marc do outro lado da linha.

— Sentiu minha falta?

Ele soltou um suspiro e sorriu também.

— Na verdade, não... O Tom é que está perguntando por você há três dias. Por onde você anda?

— Muito trabalho, só isso. Estou sem tempo. Fiz uma cobertura grande durante dois dias, e tudo ficou confuso.

— E nós, hummm... também, hummm, estamos confusos?

Ela parou de sorrir e ficou em silêncio. Do outro lado da linha ele também ficou quieto, tudo meio em suspenso, aguardando quem ia falar o quê. Ela resolveu ter coragem.

— Também estou sentindo sua falta... e de Tom é claro... — e sorriu.

— Mas a quanto está... hummm... ahn..., qual a intensidade da falta? Só para saber qual a chance de jantarmos juntos amanhã...

— Seria perfeito. Eu faço o jantar, que tal? Está preparado para isso? Pode trazer o Tom, se quiser...

Ele riu e murmurou a resposta:

— Muito preparado! Posso chegar às 7h00?

Ao ouvir a resposta, com ênfase, quando ele disse a palavra "muito", Sofia sentiu as pernas bambas, porque tinha a certeza de que ele não falava só sobre o jantar.

— Perfeito. Te espero. Um beijo.

Ele também mandou beijo e desligou. Ela recolocou o telefone no gancho e ainda sorria, quando reparou que Nick estava em frente à sua mesa de trabalho, observando-a com a cara séria.

— Jantar a dois? Não sabia que estava saindo com alguém, aliás, tinha uma desconfiança depois que vi a foto.

Tentando se refazer do susto, ela apenas o olhou sem entender direito. Resolveu não ficar na defensiva.

— Não entendi. Foto? Do que está falando, Nick?

Ele pediu que ela o seguisse até sua sala, o que ela fez, contrariada. Ele pegou umas fotos sobre a mesa e separou uma que lhe entregou. Sofia tentou não demonstrar de forma alguma seu espanto. Era uma foto tirada no vernissage que ela não havia percebido: ela, Marc e Diogo, e algumas outras pessoas que ela não conhecia. Os três estavam sorrindo.

— Como o artista é gay, suponho que seu *affair* seja o homem que está ao seu lado. Conhece o artista?

— Sim, conheço. Somos amigos.

— Estávamos à procura de Felipe Gomes, que foi ao vernissage, mas que na prática não foi fotografado, não sei por quê. Você o viu? — perguntou Nick.

— Não. Saí cedo. Passei apenas para dar um beijo em Diogo.

Nick a encarou.

— Amigo novo? Não o conhecia na minha época...

— O tempo passa, não é? E é sempre bom conhecer gente nova, novos amigos. Você me chamou aqui só para me mostrar as fotos? Ficaram boas... — resolveu mudar de assunto.

Ele sacudiu a cabeça. Ela recolocou a foto sobre a mesa dele e andou até à porta.

— Esqueci o que era. Aliás, quem é ele?

— Nick, por favor, é apenas um amigo, como Diogo, e

mesmo se fosse algo mais, não lhe diz respeito. Temos aqui uma relação de amizade e de trabalho, vamos deixar assim...

— Por que está mentindo, então, se é assim que pensa? É claro, pela forma como falava com ele ao telefone, que são mais do que amigos...

— Por quê? Escutou minha conversa? — ela estava parada perto da porta quando perguntou, como tom de voz meio alterado.

Ele, ao contrário, usava um tom de voz muito baixo, quase ameaçador.

— Descobriu algo sobre Felipe? Seus novos amigos o conhecem?

Ela suspirou, baixou os olhos e respondeu.

— Não sei. Você não descobriu nada ainda?

— Ainda não. Mas tenho suposições que precisam de confirmação. Sinto que estou perto. Se você soubesse de algo, me contaria, não é? Sei que é uma profissional muito competente. Por um momento, quando vi sua foto, pensei que estava lá para fazer algum furo de reportagem — ele se sentou sem tirar os olhos dela. Ela negou com a cabeça, abriu a porta e falou.

— Se descobrir algo, te aviso — e não esperou ele responder. Fechou a porta e encostou-se a ela por alguns instantes. Ele era perigoso, sabia quando ela estava mentindo. Ela tinha que se apressar.

Procurou o fotógrafo que estava no vernissage e pediu que ele lhe mostrasse as fotos pelo computador. Ele enviou e ela estava agora vendo todas, para saber se dali ele poderia ter deduzido algo. Encontrou apenas duas fotos de Felipe e em nenhuma ele estava perto de Diogo. Numa delas, ele aparecia perto, mas com outras pessoas ao lado. Será que só isso fez com que Nick percebesse algo?

Resolveu procurar em todas as colunas que tinham publicado algo sobre o vernissage de Diogo. Mas todas que encontrou relatavam apenas a festa e a obra espetacular dele. Também ali não havia nada. Será que ele apenas jogara verde para tentar descobrir algo?

Saiu tarde do jornal e foi para casa, ainda sem saber como agir com Marc e agora mais preocupada, depois do encontro com Nick.

No dia seguinte não viu Nick no jornal e ficou aliviada. Recebeu uma informação de que Felipe estaria em um debate num canal de TV e achou que Nick deveria estar lá para fazer a cobertura. Passou o dia ansiosa.

Saiu mais cedo do jornal, comprou flores para enfeitar a casa e um peixe fresco que colocaria no forno, uma receita que sua mãe lhe ensinara há muito tempo.

Chegou em casa, arrumou a sala, deixou tudo à meia-luz e colocou uma música suave. Tomou um banho e colocou a lavanda que deixava sua pele mais macia. Olhou-se no espelho e ficou pensando em Marc, se ele gostaria do seu cheiro. Foi para a cozinha dar início ao jantar.

Débora havia deixado um bilhete sobre a mesa da cozinha, pois como haviam combinado, não dormiria lá, mas na sua casa, que estava quase pronta. Sorriu, jogou o papel no lixo e, quando estava terminando de fazer a salada, o sino que ficava na porta de entrada tocou.

Foi com seu melhor sorriso que abriu a porta para Marc. Ele lhe sorriu de volta e entregou-lhe uma garrafa de vinho, um minuto antes de enlaçá-la pela cintura e beijá-la ardentemente.

Quando abriu os olhos, ele estava ao seu lado e a olhava bem sério, murmurando bom-dia. Ela o enroscou pelo pescoço e o beijou rapidamente antes de responder.

— Bom-dia! Sabe que horas são?

— Umas 9. Não quis te acordar, mas acho que estamos

atrasados...

— Nove horas? Muito atrasados! Jogou-se de novo na cama, rindo.

Depois se levantaram e correram ao mesmo tempo para o banheiro. Tomaram um banho juntos às pressas, rindo um do outro. Meia hora depois, estavam prontos, ela pegando sua bolsa enquanto ele estava parado, sorrindo, junto à porta aberta à sua espera.

— Quer que te deixe no jornal? Estou de carro.

— Ótimo!

Fecharam a porta e minutos depois estavam no carro dele. Ela o olhou dirigindo e pensou que a noite havia sido fantástica de novo, ele era ardente e maravilhoso. Mal haviam tocado na comida, ficaram horas fazendo amor e depois dormiram, cansados. Ela queria falar com ele sobre Felipe, mas não houvera tempo. Conversaram sobre eles dois, seus tempos de faculdade, suas famílias. Soube que ele era filho único como ela, que seus pais já haviam falecido. Ela contou sobre os pais dela, que moravam em uma fazenda a seis horas de distância dali e que só conseguiam se encontrar em datas como Páscoa e Natal. Eram muito reclusos, viviam muito bem, cercados de animais, cavalos, principalmente.

— Tem visto o Diogo? E o Felipe? — ela perguntou distraída, olhando pela janela. Precisava tocar no assunto com ele de alguma maneira.

— Sim, jantamos juntos esta semana. Eles estão firmes, eu diria... — esboçou um sorriso tímido e a olhou rapidamente.

— Mesmo? Jantaram na sua casa? — ela perguntou, já pensando que Felipe deveria estar sendo seguido pelos repórteres do jornal.

— Não. Fomos a um bistrô que Diogo adora e tem a truta perfeita, você sabe como ele é...

Ela apenas assentiu. Pouco depois, estavam parando em frente ao jornal.

— Marc, eu preciso conversar com você sobre Felipe e Diogo. É importante. Mas agora não tenho tempo. Podemos nos ver à noite, posso passar na livraria ou na sua casa?

Ele não percebeu a seriedade dela.

— Ah, na minha casa... humm... Tom vai querer ganhar uns beijos...

— Sei... desse tipo? — ela o beijou na boca com paixão, ele se assustou a princípio, mas pela cara que fez quando ela se separou dele, gostou.

— Pode começar assim... Agora é melhor você descer ou vou raptá-la... — ele gaguejou um pouco, o que a fez quase agarrá-lo de novo. Mas obedeceu e marcou na casa dele depois das sete.

Ele lhe acenou um adeus quando ela saiu do carro. Ela retribuiu, já de longe.

Capítulo 6

Sofia estava em dúvida se caía na gargalhada ou chorava copiosamente quando viu a reportagem no jornal sobre a sua mesa de trabalho, assim que chegou à redação. Jogou-se na cadeira com os jornais nas mãos. O texto insinuava que Felipe Gomes, o político, era gay e mantinha um namorado secreto. Só que na foto aparecia com dois homens à mesa de um restaurante: um era Diogo e o outro era Marc. Como o público já sabia que Diogo era homossexual, por reportagens anteriores na televisão e jornais, o terceiro homem na foto parecia ser um disfarce. Estavam tentando enganar as pessoas, no sentido de acobertar que ali estava um casal gay. A foto não tinha qualidade; além de escura, tinha sido tirada através do vidro.

A matéria apenas sugeria uma preferência sexual de Felipe. Não dizia claramente. Não estava escrito que ele era de fato o namorado do artista, o tom era apenas de especulação. O que a chocou, no final, foi que colocaram a reportagem na seção de política, mas com seu nome e o de Nick como seus autores. O texto estava em negrito dentro de um enorme retângulo colorido, bem destacado. Mesmo sem estar assinada, como ela sempre fazia em sua coluna, seu nome estava lá, e a assinatura era de Nick como editor-chefe.

Ela sabia que ele é quem escrevera a reportagem e mandara colocar ali com seu nome e não de outro jornalista político, por exemplo, porque sendo ela a colunista de artes em geral e sendo Diogo um artista, o nome dela pareceria natural. Nick, com certeza, havia reconhecido o amigo dela nas fotos e queria prejudicá-la. De qualquer forma, se a intenção era comprometê-la, havia conseguido, e isso a incomodou ainda mais. A raiva crescia dentro dela conforme ia lendo e percebendo a crueldade do editor.

Antes de decidir o que iria fazer primeiro, falar com Marc ou Nick, o telefone da sua mesa tocou. Atendeu com um suspiro.

— Pedi que transferissem para você, é o Diogo, amigo do Marc, tudo bem?

Ela reconheceu a voz assim que ele começou a falar.

— Diogo, como vai? Acho que está me ligando por causa da reportagem, quero dizer que...

— Não precisa. Eu sabia que você trabalhava aí, mas queria que me dissesse o quanto eles sabem...

— Não sei. Não escrevi a matéria e não tenho nada a ver com isso. Jamais faria algo semelhante. Não sei por que colocaram meu nome...

— Estou tentando acreditar nisso. Não costumo me enganar com as pessoas...

Ela queria sumir. Tinha que ajudá-lo.

— Foi escrita pelo meu chefe, que apenas juntou as fotos do vernissage e do restaurante. Na verdade, ele quer achar algo contra nosso amigo... — ela hesitou um pouco e não quis citar nomes. Olhou ao redor para ter certeza de que ninguém a estava ouvindo.

— Imaginei. Seu jornal sempre apoiou o opositor dele. Obrigado, só queria saber o quanto ele poderia estar envolvido e a coisa toda se tornar um escândalo.

— Podemos conversar pessoalmente se você quiser, quando quiser, eu...

— Não se preocupe. Nos falamos. Tchau, bela.

Ela murmurou um beijo para ele e desligou, mais triste ainda. Tudo o que temia já estava acontecendo e ela nem tinha falado com Marc. Pela reação de Diogo, imaginou qual seria a dele. Resolveu começar por Nick, para depois falar com Marc pessoalmente.

Esperou mais de uma hora para ser atendida por Nick, que não saía do telefone, talvez já pela repercussão da matéria sobre Felipe. Finalmente, quando não aguentava mais a espera, entrou na sala dele e sentou-se à sua frente, muito séria.

— Pela sua cara, vi que já leu a matéria, ficou do seu agrado? — ele perguntou, em um tom meio distraído.

— Eu sabia que você estava procurando algo sobre ele. Mas isso era realmente necessário?

— Está preocupada com seu novo amigo? Ou com o Diogo? — ele mudou levemente a entonação da voz, já prestando atenção nela. Recostou-se na cadeira, rindo enquanto falava.

Ela apenas sacudiu a cabeça de um lado para o outro e o encarou.

— Está tentando me atingir também? Já não basta a perseguição ao Felipe? Isso vai se tornar um escândalo, e para quê? Homens hoje estão se casando, adotando filhos, por que acha que isso irá derrubá-lo? Só fez uma coisa ruim para o jornal e me envolveu nesse seu plano sórdido! O que vai ganhar com isso?

— Seu amigo costuma sempre sair com casais gays? Quero dizer, ele participa também? — Nick falou, enquanto soltava uma risadinha de escárnio e se debruçava sobre a mesa. — Não a reconheço mais, saindo com esse tipo de gente. Por quê? — se aproximou mais dela, mesmo por cima da mesa.

— Como pode falar das pessoas desta forma? Onde foi parar sua educação? Ainda por cima colocou o meu nome, e de propósito! Aonde pretende chegar?

— Na verdade, você mentiu, ou melhor, omitiu que seu amigo era namorado do político, quando sabia que eu estava procurando notícias sobre ele. Não foi leal com seu chefe, com seu trabalho...

Antes de começar a falar, Sofia já sabia que estava prestes a fazer um escândalo. Seu tom de voz se alterou.

— Lealdade? Como pode falar esta palavra? Você não tem moral alguma, só sabe pisar e tratar as pessoas como bem entende! Só é leal consigo mesmo! Não cabe a você julgar ninguém, muito menos a mim! Cada um tem suas preferências sexuais e isso não tem que ser encarado dessa forma revoltante! — Sofia se levantou e caminhou para a saída com passos muito firmes.

Nick se levantou também, correu até ela e conseguiu segurá-la pelo braço quando ela já alcançava a porta. Ela parou, olhando para ele e ao mesmo tempo puxando o braço para se desvencilhar.

— Nem pense em me tocar! Quero sair daqui e ficar o mais longe possível de você!

— Para ficar perto de quem? Quer manter distância de mim? Eu arranjo para você ser correspondente em alguma filial nossa, onde quiser. É isso que você quer? Duvido! — ele também estava gritando com ela agora.

Ela abriu a porta e parou para olhá-lo antes de sair. A raiva só aumentava, e achou que teria um ataque se continuasse tentando falar com ele, quando sabia que ele não se importava com o que fizera, e muito menos com ela.

— Talvez devesse ter feito isso quando terminamos. Algo

dentro de mim sempre soube que nossa convivência não daria mais certo — ela disse, o mais pausado que conseguiu. — Mas pensei que, com o tempo, você fosse mudar. Enganei-me de novo! Vou para qualquer lugar desde que seja para longe de você. Pode ser até para a África. Aqui é o único lugar em que não trabalho mais!

As últimas palavras dela o deixaram mudo. Apenas continuou olhando ela se afastar, andando pela redação em direção à sua mesa. Pôde notar no caminho, por onde ela passava, que vários colegas a olhavam em silêncio. Todos deviam ter escutado a discussão, ou, pelo menos, a voz de Sofia ou a dele totalmente alteradas. Bateu a porta com força, não se importando com mais nada.

O café estava cheio àquela hora da tarde, mas Sofia não conseguia ver ninguém. Escolhera aquele restaurante por acaso. Apenas estava sentada, bebendo uma xícara de um café forte e quente. Saíra do jornal havia mais de uma hora e depois de ficar vagando pelas ruas resolvera entrar ali. Tinha que colocar seus pensamentos em ordem, tomar decisões antes do encontro com Marc. Sabia que sua vida profissional estava em jogo e a emocional também, pois já admitira para si mesma que estava totalmente apaixonada por Marc e nem um pouco preparada para se separar dele agora. Só que achava que isto seria inevitável, tanto pelo trabalho que a levaria para longe, como pelo que havia acontecido. Talvez, fosse a hora de tocar o documentário sobre Hemingway. Já havia reunido um imenso conteúdo sobre as obras, a vida pessoal, o suicídio do autor, e com isso tudo já poderia escrever, ou ainda se tornar *freelancer* e deixar o jornal.

Amava sua profissão, mas a convivência com Nick seria devastadora dali para frente. O relacionamento deles havia sido tão bom no começo, no passado. Quando se conheceram, apesar do jeito do editor, se sentira atraída por ele, um homem bonito e vibrante que não era tímido. Em compensação, sempre fora autoritário e conduzira a relação deles. Faziam geralmente o que ele queria, viajavam para lugares que ele conhecia e dos quais gostava. E mesmo quando os passeios eram bons — ele tinha realmente muito bom gosto — era chato só fazer o que ele programava. Quando tentou mudar algumas coisas, ele nem sempre aceitou bem. A relação foi ficando desgastada.

Ao final de três anos, viu que não sentia amor por ele. A cama era boa, o trabalho também, mas isso não manteria um casamento se não houvesse amor. Quando foi sincera com ele, ele não acreditou, mas fingiu que aceitou e ficou tentando fazê-la mudar de ideia. Deu-lhe muitos presentes e mimos, mas ela não queria voltar. Já fazia mais de seis meses que estavam separados, e quando estavam quase conseguindo uma relação boa, quase amigável, ela conhecera Marc.

Agora com toda a história de Diogo, ela sabia que seria diferente. Antes, ele tentava reatar. No momento, estava com raiva dela e faria de tudo para atrapalhar o que quer que fosse. Débora tinha razão, deveria ter se afastado dele antes. Não dava mais para insistir. O que ele fez, colocando seu nome na reportagem, fora o ponto final na relação, mesmo na profissional. E não havia mais retorno.

Chegou à porta da casa de Marc um minuto antes das sete da noite. Não passara em casa, sequer para trocar de roupa. Estava cansada, mas aflita para conversar com ele. Quando ele abriu a porta, um segundo depois de ela tocar a campainha, estava sorrindo. Ela se aproximou e o abraçou. Ele retribuiu e a conduziu até o sofá.

Ela tirou o casaco e fez carinho em Tom, que a lambia saudoso. Agradeceu com um sorriso o copo de vinho que Marc lhe estendeu. Sentaram-se perto um do outro. Ele a observava e reparou que ela parecia diferente.

— Está tudo bem com você? — perguntou, mais sério agora.

— Mais ou menos. Diogo não falou com você?

Ele balançou a cabeça negando, antes de falar. Ela estava séria, com o rosto preocupado e isso chamou a atenção dele.

— Ele ligou de manhã para a livraria, mas eu ainda não havia chegado e quando retornei a ligação não o encontrei mais. Algo errado com ele? — agora ele parecia preocupado.

— Acho que também não leu os jornais de hoje... Nem viu a sua foto, não é? — ela perguntou, de um só fôlego.

Ele sorriu.

— Eu? No jornal? Por quê?

Ela soltou um suspiro antes de responder.

— Na edição de hoje do jornal onde trabalho apareceu uma foto sua com Diogo e Felipe, durante um jantar num restaurante, esta semana. E a matéria especula sobre um relacionamento entre Felipe e Diogo. O editor do meu jornal colocou um *paparazzo* seguindo Felipe para tentar descobrir algo que pudesse desestabilizar a candidatura dele. O jornal está apoiando e comprometido com o outro candidato — ela disse, quase sem respirar, de uma vez.

Bebeu um gole do vinho e esperou a reação. Marc arqueou as sobrancelhas e a encarou, meio confuso, mas permaneceu calado. Ela resolveu explicar melhor.

— Marc, o Diogo me ligou hoje, preocupado com Felipe e para saber se o jornal sabe da relação deles. Não sabem de fato. Estão especulando. Mas vai ser um escândalo, e queria que você soubesse que não sou conivente com esse tipo de jornalismo... E nem é muito a cara do jornal...

— Foi por isso que hoje de manhã você disse que queria me falar sobre Felipe? Já sabia que estavam seguindo ele? —

perguntou, meio confuso ainda.

— Sim. Eu soube no dia seguinte ao vernissage, porque vi as fotos na redação do jornal. Mas não havia nenhuma de Diogo com Felipe, então fiquei tranquila. Mas deveria ter te contado antes, talvez para tentar protegê-los, são seus amigos — ela o olhou nos olhos e ele assentiu.

Continuava pensativo, parecia estar tentando se lembrar dos fatos. Permaneceu calado, o que a atormentou ainda mais.

— Uma vez minha terapeuta me disse que demoro um pouco a falar algumas coisas, não tudo, ainda bem... mas neste caso meu *timing* estava errado. Na verdade, embora a gente se conheça há pouco tempo... não foi correto de minha parte omitir isso de você... — ela parou de falar. Ficou com medo de se expor demais.

Sempre falava demais. Queria dizer o que estava sentindo por ele, mas ainda não se sentia segura para isso. Ele esboçou um quase sorriso pelo jeito dela falar, bebeu um gole do vinho e colocou a taça sobre a mesa. Depois, sério ainda, observou-a e parecia estar pensando, antes de dizer qualquer coisa. Ainda calado, levantou-se do sofá e caminhou até à mesinha onde guardava os jornais. Pegou o exemplar do dia e voltou para junto dela. Procurou a página da reportagem e, depois que a localizou, passou os olhos rapidamente pela matéria. Sua expressão se tornava mais fechada à medida que lia, ela pôde notar. Depois fechou o jornal e o colocou sobre a mesa em frente ao sofá.

— Acho que nem preciso ler de fato — sua voz saiu baixa, quase um murmúrio.

Ela não soube dizer se ele reparou logo de cara o nome dela na matéria, mas o olhar que lhe lançou antes de recolocar o jornal sobre a mesa demonstrava que já tinha visto.

— Preciso falar com o Diogo depois. Agora, que tal se a

gente conversasse sobre o assunto... um pouco. Por que escreveu isso?

Ela compreendeu nesse momento, na verdade antes mesmo de ele lhe perguntar, que achava que ela havia escrito a história. E o fato de não ter contado antes que seu jornal estava seguindo Felipe havia feito um grande estrago. A sensação dela era de um desconforto enorme por tudo, e, principalmente, por não ter contado sobre a relação que tivera com Nick e o porquê de seu nome na matéria e das cobranças do chefe. *Seria uma conversa dura* — ela pensou, antes de tomar coragem para começar.

Capítulo 7

Débora ouviu baterem o sino da porta desde o primeiro toque. Mas estava saindo do banho, e quando finalmente abriu a porta do apartamento deu de cara com Nick. Ele a olhou de cima abaixo, avaliando a toalha enrolada nos cabelos e o roupão felpudo curto que usava. Ela olhou para ele assustada.

— É você? Pensei que Sofia tivesse esquecido as chaves...

Ele sorriu e passou por ela, entrando na sala sem esperar convite. Ela fez uma careta sem que ele visse e fechou a porta.

— Entre, fique à vontade, o fato de eu estar de roupão e toalha, te perturba?

Ele deu uma gargalhada e andou pela sala até o sofá.

— Posso esperar você trocar de roupa, já que, pelo visto, Sofia não está. Ela vai demorar?

Débora sabia que Sofia estava com Marc, e seu primeiro impulso foi dizer isso, mas sabia que algo estava errado. Nick nunca mais havia aparecido; com os últimos acontecimentos, era provável que tivessem discutido e ele estava ali para conversar sobre o assunto. Resolveu ser diplomática.

— Se não te incomoda, e a mim tampouco, posso ficar como estou. Não sei onde Sofia está. Ela apenas deixou um recado na secretária eletrônica dizendo que não viria jantar, por isso não tenho ideia — enquanto falava, andou até ele, que ainda estava de pé.

Ela não esperava que fosse se sentar, e ele não o fez. Olhou para ela, agora sério.

— Ela está com ele, não é? Você sabe quem...

— Não faço ideia de quem e nem onde, por que, aconteceu alguma coisa? O que o traz aqui?

Ele estreitou mais o olhar para ela.

— Débora, sei que nunca gostou de mim, apenas me tolera. Mas nós sabemos que ela deve estar com o homem com quem está saindo, o amigo do artista.

Ela soltou um suspiro e resolveu se sentar. Algo lhe dizia que não conseguiria se livrar dele com tanta facilidade. E ele era alto, o que a deixava com o pescoço doendo. Assim que ela se sentou, ele sentou-se ao seu lado.

— Nick, não tenho nada contra você. Só não aprovo algumas das suas atitudes com relação à minha amiga. Não sei onde ela está nem se está acompanhada. Não nos falamos ao longo do dia, ela poderia estar trabalhando?

— Não está. Tivemos uma discussão, ela ameaçou até sair do jornal. Sei que ela está saindo com um cara e ficou furiosa porque coloquei uma matéria envolvendo o amiguinho dela na edição de hoje.

Ela o observou. Ele era bonito e inteligente, e pela primeira vez ela o via sendo vulnerável, ali, na sua frente. Mas achou melhor fazer com que fosse embora.

— Nick, infelizmente tenho um compromisso daqui a pouco. Estava saindo do banho, como você bem pôde perceber. Posso deixar um bilhete para ela dizendo que esteve aqui, ou, melhor ainda, ligue para ela amanhã ou converse com ela na redação... Eu, realmente, não sei o que te dizer.

— Que tal a verdade? Que ela está namorando o tal cara?

Ou que o artista é namorado do político e que ela está conivente e me omitiu tudo? — ele falou rápido, sem alterar o tom da voz.

Ela se levantou e caminhou apressada até à porta.

— Agora nosso assunto terminou. Veio aqui para me entrevistar, para falar da minha amiga, para quê? Talvez até já soubesse que ela não estava e fez de propósito! Você não tem vergonha?

— Vergonha? De quê? O que te custa me contar a verdade? Como não gosta de mim, seria até um prazer me dizer que ela está de fato namorando... Por que não me conta? — ele falou enquanto andava lentamente até a porta aberta, onde ela o esperava. Ela sacudiu a cabeça e sorriu, pela primeira vez, antes de responder.

— Boa-noite, Nick.

Parado perto dela, ele sorriu de volta.

— Não precisa dizer nada, não é? A verdade está aí. Ela não está em casa.

Ele se aproximou dela e a beijou no rosto, de surpresa. Ela ficou atônita, mas não demonstrou. Manteve-se onde estava e apenas parou de sorrir.

— Sabe, Débora, você é uma mulher bonita. E sensual... O homem que está a caminho daqui tem muito bom gosto...

Ela voltou a sorrir. Ele ainda parou, quase saindo, e retribuiu o sorriso.

— E sabe o que é melhor, Nick? Eu também tenho bom gosto. Boa-noite! — não esperou ele responder ou sequer pensar a respeito e fechou a porta em seguida, sem bater.

Sofia estava ali, sentada, olhando para ele com a sensação de que estava realmente em apuros. Nick havia feito tudo de propósito, de uma maneira tão diabólica que ela teria muita dificuldade para esclarecer e consertar as coisas com Marc, ela nem sabia como faria isso. Olhava para Marc, apreciava seu rosto de traços finos, as mãos perfeitas, e pensava que não queria perder aquilo tudo, não estava preparada para se separar dele. Estavam começando um caso e estava tudo tão bom que perdê-lo agora era algo que a faria sofrer muito. Passara-se pouco tempo, mas sabia que havia encontrado um homem muito especial, e ele também parecia estar envolvido por ela.

Olhou sua taça de vinho e bebeu quase todo o conteúdo, antes de finalmente tomar coragem e recomeçar a falar. Ele a observava com a mesma expressão de antes. Tom estava deitado bem perto dos seus pés e parecia nem reparar na tensão entre eles.

Ela tocou levemente no rosto de Marc, mas ele não fez nenhum sinal de aprovar o carinho e ela retirou a mão, sem graça.

— Marc, eu tenho um assunto sério para tratar com você, tem a ver com tudo isso que aconteceu hoje. O meu chefe, Nick, é uma pessoa de personalidade muito forte, tem muitos defeitos, mas é um profissional muito competente. Conduz a redação com mão de ferro, eu diria. Ele está muito comprometido com os donos do jornal, que apoiam o outro candidato a governador, o Jeremias. Bem, antes do vernissage ele me pediu para descobrir alguma coisa, qualquer que fosse, sobre Felipe... para poder publicar algo que o comprometesse e o fizesse perder votos.

Ele a observava em silêncio, muito sério. Ela queria poder ler seus pensamentos. Tinha que ser sincera e contar tudo, mas estava com muito medo de a reação dele não ser tão tranquila. Continuou a falar.

— Pediu a todos da redação, e em especial para mim, porque faço a área de artes, e como preciso circular muito, poderia ver ou ouvir algo. Nunca pensei em obedecer de fato. Sei que faz parte do meu trabalho, mas existem maneiras e maneiras de se fazer as coisas. Se fosse uma investigação séria, política... mas era apenas fofoca — ela se levantou para andar pela sala, sempre gostava de falar andando, um hábito antigo.

Ele se recostou no sofá e observou o jeito dela, já havia reparado nessa mania.

— Quando, no dia seguinte ao vernissage, no café da manhã aqui na sua casa, dei de cara com os dois, pensei que Nick daria qualquer coisa para saber desse encontro. E eu deveria ter te contado, naquela hora mesmo, sobre a perseguição do jornal, para te alertar e talvez alertar a eles. Acho que falhei nisso. Mas eu estava numa posição muito difícil, entre você e Nick.

— Entre ser leal ao seu chefe... e a mim? — disse Marc, quase para si mesmo. Mas ela ouviu, andou de volta e sentou-se de novo ao lado dele, tocando seus ombros com suavidade. Ela assentiu antes de responder.

— Também. Mas não houve tempo direito para a gente conversar. O que importa é que não escrevi a matéria... e... — ela voltou a hesitar e ele percebeu. Estreitou o olhar, porque achava que ela queria dizer algo e não estava conseguindo.

— E... o que você está tentando me dizer, mas não consegue?

— Eu e Nick éramos noivos.

Ele arqueou as sobrancelhas, surpreso de fato. Ficou calado, apenas olhando, espantado. Ela não queria se dar conta disso, mas era impossível. Ele havia ficado mais do que só surpreso, parecia assustado com o que ela dissera. E naquele momento, saiu de perto dela e se levantou. Ela o seguiu, sem tocá-lo. Ele colocou as mãos na cintura e a observou, sério, parado na sua frente.

— Noivos? — Marc perguntou.

— Sim, mas faz tempo que não somos mais, há seis meses, mesmo antes de eu te conhecer... Por isso te falei que estava sozinha há algum tempo.

Ele se afastou um pouco mais; andou até uma das estantes de livros, se recostou nela e ficou ali, pensativo. Depois de um tempo, voltou o olhar para ela.

— Ainda existe algo entre vocês?... Digo... algo que eu deveria saber e não... sei?... Você... hummm... — além de hesitar nas palavras, ele também quase gaguejava. — Por acaso estava me usando para descobrir coisas sobre Felipe? Nosso caso faz parte do seu trabalho?

Ele se deu conta de que toda a timidez de Marc estava ali estampada. Quase podia sentir a força que ele fazia para perguntar, ou melhor, entender o que ela dizia.

— Não, Marc! Não estou te usando, como pode achar isso? Nossa relação independe disso tudo. E nada existe entre mim e Nick. Hoje tivemos uma discussão horrível, e talvez eu saia do jornal — ela falou apressada, e ele ficou mais sério ainda. Ela se aproximou dele, mas ele não fez o menor movimento na direção dela. Permaneceu parado onde estava.

Ela nem ousou tocar nele. Ele estava muito sério e extremamente bonito naquele instante, e ao mesmo tempo ela sentiu um tremor pelo corpo, como se fosse um aviso para que não o tocasse. Ele fechou e abriu os olhos, depois sacudiu levemente a cabeça, como se quisesse afastar algum pensamento ruim.

— Se nada existe entre vocês... vai sair do jornal por quê? Escute, Sofia, estou com uma sensação de que não me contou esta história antes por causa dele. Acha mesmo que vale a pena eu saber mais alguma coisa?

— Marc, preciso que entenda que eu não sinto nada por ele. Mas não posso impedir que ele sinta o que quiser. Ele tinha planos de reatar comigo, mas nunca o encorajei, e agora ele levou nosso problema pessoal para o trabalho e acho que terei que sair de lá, só isso. Ele quer me comprometer com essa história do Felipe, por isso a matéria está com meu nome.

Ele assentiu em silêncio. Caminhou devagar, mas com firmeza, para longe dela. Sentou-se em uma poltrona no canto e a encarou. Ela andou até ele e segurou suas mãos, mas ele não fez nenhum gesto para apertá-las, como sempre fazia. Apenas se deixou segurar.

— Por que ele faria isso? Não faz sentido... — ele sacudiu a cabeça enquanto falava.

— Ele uma vez ofereceu uma editoria fora do país, mas eu não queria sair daqui. Acho que ele fez tudo isso agora de propósito, para me afastar de você... por ciúmes... Ele estava tentando descobrir se estou saindo com alguém, e nos viu nas fotos do vernissage...

Ele a interrompeu, não deixou que ela terminasse a frase.

— É melhor que primeiro você saiba o que quer da sua vida. E resolva suas pendências com... seu chefe. Não sei se acredito mesmo que não escreveu a matéria... Foi no seu jornal, seu trabalho!

Ela sentiu o chão tremer por causa do tom de voz dele ao dizer as últimas palavras. Soltou suas mãos e voltou a sentar-se no sofá. No fundo, estava acontecendo o que ela mais temia, ele não estava acreditando nela. Não acreditava que ela não havia escrito a matéria, nem que o próprio editor a escrevera em seu nome para afastá-la dele, Marc. Mas ela pensou que se Marc estava reagindo assim, talvez fosse por não estar tão envolvido como ela gostaria que estivesse.

Ele se levantou da poltrona e ficou parado, em pé, no meio da sala. Ela continuava sentada, apavorada, esperando o que ele iria lhe dizer.

— Eu e você estamos saindo há pouco tempo. Diogo é meu amigo há anos, e deve estar sofrendo bastante por causa da sua matéria. Você deve achar sua carreira muito importante, talvez a coloque acima de qualquer coisa.

Ele estava minimizando a relação deles, colocando a amizade dele com Diogo acima da relação que estavam iniciando e a deixando livre. Ela sentiu tudo isso como falta de interesse dele, por ela, pelo que estavam vivendo juntos, e ficou mais triste ainda. Ele não acreditava que Nick a estava perseguindo, nem a deixara explicar direito e a estava julgando. Ela tapou os ouvidos e se levantou.

— Acho que não estou querendo ouvir o que você está dizendo. Estou confusa e acho que você entendeu algo errado. Não quero terminar o que estamos começando... acreditei que estávamos iniciando uma relação.

— Primeiro, você precisa terminar outra, a que pensa estar acabada. Só assim se consegue começar alguma coisa! — ele segurou suas mãos e as retirou dos ouvidos. Seu tom de voz era muito baixo, mas o que ela sentia, em cada palavra dele, era uma determinação que a assustava.

— Marc, eu... — ele a silenciou murmurando, pedindo que ela se calasse.

— Prefiro não continuar esta nossa conversa. Confesso que estou sozinho há muito tempo, sozinho mesmo. Não namoro há mais de cinco anos. Mas não quero começar algo nessas bases, com um ex-noivo atuante e seu chefe, ainda por cima. Além do mais, escrever sobre meu amigo e o namorado dele não foi ético de sua parte! — ela tentou falar, mas ele não deixou. — Sofia, por favor. Agora, acho melhor você ir embora... — ele a soltou, mesmo contra vontade dela.

Ela percebeu que ele não estava disposto a deixá-la falar, estava muito decidido e agora nada tímido, ao contrário, ela se deu conta de que ele nem gaguejara. Assentiu com a cabeça, procurou sua bolsa na sala e a colocou no ombro. Com um olhar triste e tentando não deixá-lo perceber que estava prestes a chorar, caminhou devagar até à porta da entrada. Ele a seguiu em silêncio. Ela parou junto à porta e o encarou.

— Não posso aceitar que não escute o que tenho a te dizer. Está me julgando... e está errado. Eu errei sim, quando não te contei tudo antes. Mas nunca escrevi aquela matéria.

Ele a encarou em silêncio, sem alterar sua expressão. Ela percebeu que ele não estava mais disposto a falar nem a ouvir. Só lhe restava ir embora antes que desabasse na frente dele.

— Tchau! — disse, num fio de voz. Abriu a porta e saiu sem sequer dizer adeus para Tom, que levantou a cabeça e abanou o rabo quando ela estava na porta. Quando começou a descer o primeiro degrau da escada que dava para a calçada, já estava chorando copiosamente, e praticamente correu até onde havia estacionado seu carro. Entrou nele soluçando.

Marc ainda estava parado, exatamente onde ela o havia deixado, perto da porta. Esfregou os olhos como se estivesse muito cansado, olhou para a rua, e ela já havia partido. Deu um breve sorriso triste, um quase lamento, e murmurou o nome dela uma vez: "Sofia..."

Capítulo 8

Paris era uma bela cidade, mesmo em dias de chuva — pensava Sofia, enquanto olhava pela janela do seu apartamento. Virou-se, caminhou até o sofá e pegou o jornal de uma semana atrás que estava lendo. Já fazia um ano que estava trabalhando ali, mas mantinha o hábito de ler o jornal da sua cidade natal. Incrível como as pessoas têm necessidade de conservar seus vínculos. Estava triste, porque falara com Débora na véspera e a amiga havia lhe contado coisas que haviam evocado o passado.

Saíra uma reportagem sobre Felipe, agora candidato ao Senado. Havia perdido as eleições para governador, entre outras coisas por causa das matérias no jornal na época, a história de sua homossexualidade e o caso com Diogo. Nick tinha sido implacável na perseguição. E também para eles dois havia sido o fim de tudo. As atitudes dele em relação a ela, o fato de ter publicado a matéria com seu nome e a pressão para ela contar o que sabia foram a gota d'água na relação deles. Dois meses depois, Sofia deixou o jornal e aceitou ser correspondente em Paris. Nunca mais conseguiram se falar amigavelmente.

Ela mal podia olhar para ele. Aceitara se mudar, porque assim não estaria mais vinculada a ele no jornal e não precisaria mais ter nenhum contato direto.

Sua vida havia mudado radicalmente, em parte para melhor, mas, definitivamente, estava péssima no quesito emocional. Nunca mais havia falado com Marc. Tentara por quatro vezes fazer com que se encontrassem, mas ele nunca aceitou. A única coisa que conseguiu foi se encontrar com Diogo e mais uma vez afirmar que não escrevera a matéria. Ele a tratou bem, mas disse que achava difícil Marc acreditar nisso. Ele, por sua vez, até acreditava, embora Felipe tivesse ficado furioso. Eles continuaram juntos apesar de tudo e Felipe obtivera muitos votos, mas não o suficiente para vencer as eleições. Diogo atribuiu o fato à falta de expressão do partido político, não somente à matéria e ao desencadeamento da história.

A recusa de Marc a magoou muito. Ela, então, achou melhor esquecer tudo e desde então nunca mais o vira, nem saberia dizer se ele sabia que ela não morava mais lá. Um pouco antes da partida, falara com Diogo que estava de mudança para Paris. Encontraram-se casualmente num café perto do jornal, ele fora simpático como sempre, ela pedira desculpas pelo mal-entendido mais uma vez e ele pareceu aceitar.

Débora sempre brigava com ela por causa de Marc, achava que ela não tinha feito o suficiente para fazê-lo entender. E sempre que podia, como havia feito no dia anterior, telefonava para dizer que tinha uma matéria com ele em uma revista famosa e que ela deveria procurar ler. Parece que não iria desistir nunca de tentar convencê-la a procurar por ele, mas Sofia havia dito de mais uma vez que não iria fazê-lo, mas comprou a revista assim que a encontrou. As duas conversaram sobre o documentário, cujo roteiro estava pronto — tinham sido oito meses de trabalho e já havia duas produtoras interessadas em filmá-lo —, a vida de Hemingway através dos olhos de uma grande fã, ela própria.

Falava sobre os prêmios, sobre como ele escrevia e até sobre o fato de ter escrito um de seus livros em um hotel numa pequena cidade da Riviera Italiana, tudo contado em detalhes. Se fechasse logo com uma das produtoras, iria tirar alguns dias para trabalhar na filmagem e deveria precisar voltar para casa por um tempo. Pediu acolhida na casa de Débora, porque seu apartamento estava alugado até o final do ano. Assim, ficariam juntas e matariam as saudades por uns dias. A amiga achou a ideia ótima, havia meses que não se viam, Débora passara o último ano novo em Paris, mas já estavam em julho. Sofia não havia visto seus pais nem no Natal, precisava arranjar um tempo para ir vê-los quando voltasse, falavam sempre apenas por telefone.

No final do mês, depois de fechado o contrato para o documentário, arrumou as malas e tirou uma semana de licença. Avisou Débora de que chegaria num voo noturno e seguiria direto para sua casa.

Felizes pelo reencontro, as duas amigas estavam sentadas na sala tomando um vinho e comendo queijo. Conversavam já há algum tempo, quando Débora a pressionou:

— Leu a entrevista de Marc? Viu a foto? Não achou que ele estava triste?

Sofia parou de sorrir e encarou a amiga.

— Li, estava bonito como sempre. Triste? Não reparei...

— Ah, me poupe! Lógico que reparou. E quando a repórter perguntou sobre sua vida amorosa, ele desconversou totalmente... — Débora balançou a cabeça enquanto falava.

Sofia bebeu um gole de vinho antes de responder.

— Ele é tímido, esqueceu? Não consigo imaginá-lo conseguindo falar sobre esse assunto...

Débora se levantou e andou até à estante, pegou a revista que estava sobre uma pilha e entregou para ela. Marc estava na capa. Só de ver sua foto ali, seu corpo já sentia a presença dele. A ligação era direta.

— Lindo, como sempre! — disse suspirando, quase para si mesma.

— Pois é, questão de gosto! Mas o fato é que ele é o homem da sua vida e você o deixou escapar por causa do emplastro do Nick...

— Lá vamos nós de novo, puxa, acabei de chegar! — ela riu e se jogou no sofá. — Não podemos falar sobre isso amanhã?

— Não, porque amanhã vamos nos encontrar com Marc e é melhor você estar preparada — disse Débora, de um fôlego só. Sofia a olhou, com seriedade, agora.

— Como assim? O que está planejando?

— Nada. Trouxe algum remédio para dormir? Tenho um no armário do banheiro, dentro do pote azul, pois você vai precisar, para acordar sem olheiras amanhã.

— Débora, do que estamos falando? — Sofia olhava para a amiga com os olhos arregalados.

— Tem um lançamento fantástico amanhã na livraria dele, é do irmão do Cláudio, preciso ir e você também. Vamos todos jantar juntos depois, quero que conheça meu namorado e meu cunhado inteligente. Afinal, querida, eu estar namorando já é uma surpresa, não acha?

— Claro, achei ótimo quando me contou. Ele faz o que, mesmo?

— Não começa... Ele até trabalha, na empresa do pai. Mas o irmão dele é algo! Só que já está com quase quarenta e você sabe que não rola. O Cláudio já está com trinta e isso ainda me incomoda um pouco...

Sofia sacudiu a cabeça e começou a rir de novo.

— Trinta? Realmente, surpreendente. Mas é sarado, lógico, e bonito...

— Muito! Gosto dele, sabe? — ela fingiu seriedade, mas logo em seguida caiu na gargalhada.

— O lançamento vai ser na Livraria do Marc porque o irmão é um filósofo famoso, e sei lá, devem ser amigos. Quando vi o convite, levei um susto, e pensei, ainda bem que você estaria aqui.

— Não preciso ir, posso só encontrar vocês depois, no jantar...

— Claro que precisa! Já avisei que iremos juntas e pode ser bom conhecer o gato do meu cunhado, quem sabe?

— Ah, tá! Marc e o filósofo, tipo ou um ou outro... pode rolar, não é? Você é doente! — Sofia soltou um suspiro.

— Claro que prefiro Marc. Mal conheço Rodolfo. Mas já que você mesma diz que não quer mais nada com Marc...

— Para com isso, não seja sonsa! — Sofia riu da cara de anjo que a amiga estava fazendo.

— Não estou preparada para encontrar Marc, ainda.

— Como assim? Já faz um ano! Pois então, tem até amanhã à noite para se preparar. Aliás, que vestido você trouxe para sair à noite? Quero olhar, para aprovar ou não.

Sofia bebeu de um só gole o vinho que ainda estava na taça.

— Acho que vou precisar beber muito, esta noite será longa... — falou, suspirando de novo enquanto enchia sua taça e a de Débora. Estava com a sensação de que não ia dar certo rever Marc, assim, de surpresa, sem aviso, simplesmente se materializar na frente dele depois de um ano e dizer "alô". E tampouco sabia como seu coração iria se comportar. Bateria acelerado ou não sentiria nada?

Impossível... Só de se lembrar dele, de olhar suas fotos em revistas, sentia um reboliço, tanto pelo corpo quanto na mente.

O vestido preto que escolheu era simples e elegante. Colocou uns brincos de rubi e prendeu os cabelos num coque frouxo. Estava com uma *pashmina* sobre os ombros, também preta, e Débora havia aprovado totalmente a escolha. Mesmo de preto, seria impossível não ser notada, estava linda, dissera eufórica a amiga.

Chegaram à livraria com mais de uma hora de atraso, de propósito, pois Sofia não queria ficar muito tempo, e pelo menos Débora havia concordado. O lugar estava cheio e festivo, havia repórteres e muita gente bonita. Assim que chegaram encontraram Cláudio, o namorado de Débora, que sem dúvida era bonito e jovem. Os dois se beijaram com paixão na frente de todos, o que era bem característico da amiga. Depois das apresentações, Sofia ficou conversando um pouco com o casal antes de ser conduzida à mesa onde o irmão, Rodolfo, estava sentado autografando.

Ficaram na fila, mesmo com Claudio fazendo piada sobre ter mais direito do que os outros, mas de um jeito alegre e bem-humorado. Rodolfo levantou os olhos já sorrindo para o casal. Débora o beijou no rosto e ele retribuiu, carinhosamente. Era de fato um homem bonito, mais ou menos da idade de Marc, mas tinha mais cabelos brancos. Foram apresentados por Débora e ele segurou a mão de Sofia apertando-a levemente. O olhar que lhe lançou, porém, foi de admiração, o que deixou Sofia um pouco sem graça.

— Confesso que não acreditei quando Débora disse que eu, hoje, conheceria uma mulher belíssima, achei que era apenas propaganda da melhor amiga — disse, sorrindo, ainda segurando sua mão.

Sofia retribuiu o sorriso antes de responder.

— Ela tem essa mania de deixar as amigas numa saia justa. Com o tempo você se acostuma! — todos sorriram. Sofia soltou sua mão e lhe passou um exemplar do livro para ser autografado, enquanto Cláudio lhe dizia alguma coisa ao ouvido e ele sorria. Sentou-se de novo com o livro nas mãos e escreveu algo que Sofia não conseguiu ler àquela distância, ao mesmo tempo em que Débora tocava no braço dele para chamar sua atenção.

— Sabe, querido, iremos jantar juntos depois. Você não quer nos acompanhar?

Ele lhe devolveu o sorriso antes de responder.

— Adoraria, de fato, mas infelizmente já tenho um jantar com os editores — e se virou para Sofia: — Uma pena, não poderíamos jantar juntos amanhã?

— Claro, querido. Você e Sofia podem jantar juntos, eu e Cláudio já combinamos outro programa e seria bárbaro, porque Sofia está hospedada lá em casa e ficaria sozinha... — ela olhou para Cláudio que assentiu, sorrindo.

Sofia não acreditava que a amiga estava fazendo isso com tanto descaramento. Pensou em matá-la lentamente. Débora sequer a olhou quando falava, porque sabia que Sofia estaria pensando em uma forma de negar. Rodolfo estreitou o olhar para Sofia, que assentiu com um meio sorriso.

— Podemos combinar depois... — disse, já começando a se afastar de braço dado com Débora. — Acho melhor agora deixarmos a fila seguir, já monopolizamos demais o artista. Vamos, Débora, estou com vontade de beber algo, com licença... — quase empurrou a amiga partindo em retirada. Já ia começar a reclamar com ela, quando parou, abruptamente.

Marc estava na sua frente, olhando-a, sério. Débora olhou para ele também e depois para Sofia. Sentiu que estava certa quando dizia que ainda se gostavam. Ele sequer estava ouvindo o que uma mulher a seu lado lhe dizia, olhava Sofia fixamente, em silêncio. Sofia soltou o braço da amiga e começou a esboçar um leve sorriso. Já que ele não dizia nada, ela resolveu tentar. Débora chamou um garçom e pegou duas taças, lhe entregou uma e partiu em direção ao namorado sem dizer nada, apenas sorriu levemente para Marc de passagem. Marc se afastou da mulher ao seu lado e veio em sua direção. Ficaram bem próximos.

— Olá, Marc — ela falou em voz baixa.

— Que surpresa! Hum... conhece Rodolfo?

Ela bebeu um gole para tomar coragem, sentia suas pernas e mãos tremerem e não tinha ideia se ele havia notado.

— Na verdade, acabei de conhecer. Vim com a Débora. Ela é cunhada dele...

— Quanto tempo! — ele tentou sorrir mais, mas depois desistiu.

— É... acho que faz mais de um ano.

Ele assentiu em silêncio, depois bebeu um gole do uísque que tinha nas mãos.

— Estou trabalhando em Paris, cheguei ontem.

Ele arqueou as sobrancelhas.

— Em Paris?... Não sabia...

— Comentei com Diogo, pensei que ele havia lhe dito. Tentei falar com você antes de partir, mas... não consegui.

Ele meneou a cabeça, olhou em volta, a livraria estava enchendo rápido. Tornou a olhar para ela, que estava séria agora.

— Ele não comentou. Está passeando, então?

— Não. Lembra o documentário sobre Hemingway? Pois é, consegui terminar e acabei de vender para uma produtora local.

— Que bom! — ele sorriu. — Vão filmar, então?

— Sim. Em breve.

Ele assentiu de novo, em silêncio.

— Saí do jornal. Estou em Paris como correspondente,

então sobrou mais tempo para escrever. E você, a livraria está ótima, não é?

Depois do que ela disse ele estreitou ainda mais o olhar, e só respondeu depois de alguns segundos.

— Sim, é... muitos lançamentos... tenho trabalhado muito...

— Eu sei. Tenho visto algumas matérias com você nas revistas... — parou de falar, estava nervosa mesmo, já começara a falar demais como sempre, certas coisas não mudam nunca.

Ele acenou para algumas pessoas que passavam e voltou a olhar para ela. Reparou em como estava linda naquele vestido e ela aproveitou para reparar no terno dele, preto, também impecável, com um cachecol que lhe dava muito charme. Ficaram alguns minutos apenas se olhando. Quando ela já estava resolvida a quebrar o gelo, ele resolveu se antecipar e falar primeiro.

— Você está muito bem. São os ares de Paris? — perguntou, sorrindo. E pela primeira vez, parecia o Marc do passado.

— Você também está. Adorei o cachecol. *Que resposta brilhante* — pensou, falar do cachecol tinha sido fantástico. Riu de si mesma e ele riu também.

— Marc, tentei muito te encontrar antes de partir, e queria conversar. Sei que agora já passou muito tempo... Sei também que aqui não é o lugar.

Ele a tocou no ombro e se aproximou, falando junto ao seu ouvido. Ela pensou que fosse desmaiar.

— Lembra a minha sala? Vamos até lá — ele não esperou ela responder e a conduziu pelo salão até a lateral, rapidamente chegaram à sala dele. Fechou a porta assim que entraram. Ela colocou seu copo sobre a mesa e ele fez o mesmo.

— Um oásis de tranquilidade. Sente-se, por favor.

Ela não se mexeu. Ele se aproximou e parou bem perto. Ficaram parados, em pé, seus corpos quase se tocando.

— Marc, eu sinto muito — ela começou, devagar, mas ele colocou sua mão sobre os lábios dela. Ela parou na hora e segurou a mão dele. Ele entrelaçou seus dedos nos dela em silêncio. Depois puxou a mão e beijou-lhe os dedos. Ela encostou-se a ele para não cair, suas pernas tremiam, sua boca estava seca, não conseguia pensar, só sentir o corpo dele, muito próximo. Ele sorriu e a puxou para mais perto ainda. Ficaram colados e com os rostos muito juntos.

— Você é linda, não resisto a você — ele disse muito baixo, antes de beijá-la. Sofia se enroscou nele de tal forma que ele teve que encostar-se à mesa para não cair. Só pensava em como havia sentido saudades dele, dos beijos, de seu corpo perfeito, perfeitamente moldado ao dela. Se pudesse escolher, pararia o tempo naquele momento.

Não soube quem parou o beijo, mas depois se abraçaram em silêncio, sentia a excitação dele e tinha certeza de que ele sentia o mesmo da parte dela. Afastou-se somente o suficiente para olhá-lo nos olhos. Estava embriagada pelo perfume dele.

— Senti muito a sua falta! — e desta vez ela o beijou e ele retribuiu, ardente como antes. Murmurou seu nome e ela o dele.

Estavam tão enrolados um no outro que ele se sentou na cadeira e a colocou no seu colo com medo de que caíssem.

— Quero você, de novo... — ele murmurou.

Ela fez que sim e respondeu murmurando:

— Mas precisamos sair daqui, caso contrário vamos fazer amor no chão... — ela começou a rir e a beijá-lo. — Você se importa? — ela perguntou, mordendo-lhe a orelha.

— Prefiro uma boa cama, faz muito tempo... — ele respondeu, roucamente.

Ela o olhou com paixão.

— Vamos sair daqui, então, vamos embora.

Ele assentiu, ajudando Sofia a se levantar. Murmurou que havia uma saída pelos fundos. Ela nem pensou em Débora, em Cláudio, nem em ninguém, a única pessoa que importava para ela estava bem à sua frente olhando-a, com um sorriso travesso.

Marc a conduziu pelos fundos da livraria em direção ao carro. Ainda se beijaram de novo assim que entraram no carro dele, rindo da travessura. Ela se lembrou do começo, há mais de um ano atrás, dos jantares e da casa dele. Recostou-se no assento suspirando, enquanto Marc dirigia velozmente pelas ruas da cidade.

Capítulo 9

A música do Abba não saía da sua cabeça, "The winner takes it all" foi o fundo musical até a casa dele. Estranhou não ser um jazz, mas o Abba também combinava por causa da idade e do passado. Entraram tropeçando literalmente um no outro, com Tom aos seus pés. O cachorro fez festa para ela, talvez a reconhecendo, ela pensou, e brincou com ela durante um tempo.

O quarto era o mesmo, a cama macia e cheirosa como se lembrava, e o corpo e as mãos de Marc, perfeitos. Amaram-se loucamente a noite inteira, a lembrança do passado batendo com força em seu corpo, mas melhor do que antes, uma urgência e, ao mesmo tempo, uma delicadeza que ela jamais iria esquecer nem que esta fosse a última vez que ficassem juntos. Não queria conversar, nem falar nada, só sentir e sentir. E ficou com a impressão de que ele também.

Dormiram exaustos, um nos braços do outro, já quase ao amanhecer. O café da manhã foi calmo, na cozinha, exatamente como no passado. Ficaram conversando, ela falou sobre Paris, o documentário, ele sobre a livraria, e quando terminaram, ele se desculpou, pois precisava sair para uma reunião, mas a deixaria na casa de Débora no caminho. Ficaram em silêncio no carro. Quando ele parou junto ao meio-fio, em frente ao apartamento de Débora, ela virou-se para ele e tocou-lhe o rosto.

— Marc, senti muito sua falta este ano... Queria poder começar de novo... houve um mal-entendido entre nós e... — não conseguiu terminar a frase, pois a emoção tomou conta de sua voz. Resistira até ali. Ele beijou-lhe as mãos e depois levemente nos lábios.

— Também senti muito a sua falta, mais do que gostaria, precisamos conversar... eu deveria ter te escutado, deveríamos ter conversado mais. Acho que fui meio idiota... podemos conversar então? Você volta pra Paris quando?

— Só no final da semana. Mas também estou querendo, na verdade, precisando visitar os meus pais antes de retornar. Não podemos jantar hoje?

Ele negou, balançou com a cabeça. Ficou triste e calado de repente. Ela sentiu medo de perdê-lo de novo, justo agora que o havia reencontrado e depois de uma noite tão intensa.

— Amanhã, então?

— Sim. Preciso resolver um assunto hoje, já estava marcado, um compromisso... Podemos jantar amanhã e conversaremos sobre tudo.

Ela sorriu, agora feliz, imaginou que ele tinha trabalho e entendeu. Ele soltou-lhe as mãos e ela foi saindo do carro. Ele a puxou de repente para perto e deu-lhe um beijo demorado. Ela retribuiu com ardor. Nunca iria se cansar de Marc, de seus beijos, de seu corpo. Estava totalmente apaixonada por ele, mais ainda do que antes.

Com muito custo se soltaram. Ela começou a rir e ele também. Disseram-se adeus mais uma vez e ela finalmente saiu do carro. Acenou-lhe de longe, até perdê-lo de vista.

Sofia sorria quando chegou em casa, abraçando a amiga.

— Eu sabia que havia um bom motivo para o seu sumiço

de ontem. Nem pense em não me contar cada detalhe da noite tórrida que teve, por que é caso de divórcio na nossa relação!

Cláudio apareceu de roupão preto e cabelo molhado e lhe sorriu de longe, murmurando bom-dia. Débora avisou que havia café pronto na cozinha e ele as deixou sozinhas. Sofia jogou-se no sofá e suspirou.

— Débora, ele é o homem da minha vida. Amo-o mais agora do que antes, se é que é possível...

— Vocês sumiram da livraria, te procurei muito. E o Rodolfo também. Acho que ele ficou impressionado com você. Que sucesso, hein? Dois homens caídos na mesma noite... Qual é o segredo?

Débora sentou-se ao seu lado, rindo.

— Não dava para te procurar. Nos agarramos no escritório dele e daí saímos pelos fundos. Foi uma coisa! Maravilhoso!

— No escritório? Cenas de sexo?

— Menos, não disse isso. Mas nos agarramos a sério!

Sofia fechou os olhos, lembrando-se da noite incrível.

— Voltaram, então?

— Não sei. Não conversamos. Vamos fazer isso amanhã. Ele hoje tem compromisso.

— Ah! Não houve tempo para conversa! Entendo, você diz que não foi sexo selvagem e nem tiveram tempo para conversar? — Débora enfatizou a palavra tempo.

Sofia só sorriu de volta. Era incrível, mas não haviam de fato conversado. Não falou nada do que gostaria, do que imaginou que diria para ele quando se encontrassem de novo. Ele a surpreendera quando falou que deveriam ter conversado, e ela ficou feliz com isso. Mas era pouco, para o que houve no passado. A noite fora ótima, apenas paixão. Melhor, para ela, apenas amor. Fechou os olhos e a amiga a observou por alguns minutos.

— Sofia, estou feliz por você. Mas lembra que combinou um jantar com Rodolfo para hoje? Ontem, fiquei meio sem saber o que dizer, disse a ele que você teve um imprevisto e saiu correndo. Mas ele espera te encontrar hoje... aliás, leu a dedicatória dele? Ontem você esqueceu seu exemplar comigo, na hora do espanto, quando encontrou Marc. Sim, porque já vi gente levar choque, susto por reencontros, mas o de vocês foi contato imediato do quinto grau!

Sofia sorriu com o comentário da amiga. Havia sido mágico o encontro, de fato, pelo menos para ela...

— Não vi o que ele escreveu, não tive tempo. Mas jantar, hoje? Foi você quem marcou, eu nem abri a boca. Ah, Débora, vou desmarcar. Primeiro, estou cansada. Segundo, só Marc me interessa... o Rodolfo deve estar a fim de um encontro, mas eu não.

— É... melhor então nem ler a dedicatória do pobre. É algo assim como... — Débora procurou o livro na sala, achou, abriu a primeira página e, sorrindo para a amiga, leu: "Noite linda e uma bela mulher. Acredita em amor à primeira vista? Boa leitura. Rodolfo."

Jogou-se no sofá, suspirando. Sofia ficou parada, olhando a cena. Débora continuou a falar.

— Olha, não sei que poder é este seu, mas vamos combinar que deixar o homem caído só de te olhar é demais! O outro, tudo bem, dormiu com você, mas este, não. Me conte, é o perfume, ou o que você usa por debaixo da roupa que tem magnetismo?

Sofia deu uma gargalhada antes de responder.

— Para de mexer comigo! Mais um motivo para não jantar com ele, tá vendo? Ele vai querer algo mais e não estou disponível!

— Socorro! É só um jantar com um homem inteligente.

Vai ficar aqui, sozinha? Eu e Cláudio já temos entrada para o teatro com os pais dele. Já pensou a minha roubada? — diminuiu o tom de voz com medo de Cláudio escutar da cozinha. — Nunca cheguei a conhecer os pais de nenhum caso meu, mas esse agora faz questão. Já pensou a mãe dele me avaliando? E se ela for da minha idade?

Sofia ria sem parar.

— Calma, pela idade do Rodolfo, ela deve ter pelo menos mais de 60. Vai achar você bem.

— Tá querendo me enganar? Ela vai me trucidar! O filhinho dela tem 30 aninhos e eu já passei dos 35, lembra? E o sonho de ser avó, essas coisas, não vai rolar comigo!

— Você vai tirar de letra, ela vai te adorar! Relaxa! — Sofia se levantou e abraçou a amiga. — Agora, vou dar uma descansada. A que horas marcou meu jantar?

— Ele vem te buscar às 7. Divirta-se, amanhã você verá seu amor. Por hoje, tenha apenas um bom jantar.

Sofia assentiu em silêncio. Não iria conseguir desmarcar mesmo. Era melhor então procurar descansar durante o dia. Dormiu por quase duas horas. Acordou preguiçosa e ficou lendo na cama, aproveitando o silêncio da casa. Eles deveriam ter saído para trabalhar. Sofia só se encontraria com os produtores no dia seguinte de manhã cedo, passaria o dia por conta do documentário.

Pensou em Marc o dia inteiro, lembrou-se da noite e do passado. Como pôde ter ficado sem ele todo este tempo? Tinha que dar certo agora. Não havia mais o Nick entre eles. Nunca mais tornara a vê-lo. Só sabia notícias dele através das matérias que estava fazendo mundo afora. Sabia que ele agora acumulava os cargos de editor-chefe e diretor do jornal. Ainda bem que o lugar onde ela trabalhava atualmente era internacional, não tinha vínculo apenas com o jornal dele, mas com vários outros. E ela também tinha uma posição em que não precisava dele para nada, um alívio. Era Débora quem lhe dava notícias dele de vez em quando.

O jantar com Rodolfo foi calmo e interessante, e o papo fantástico. Ele era muito inteligente, e falar sobre filosofia foi maravilhoso. Ele deixou claro para ela que havia ficado interessado. Sofia, por sua vez, não o encorajou, disse que morava em Paris e que não estava querendo nenhum relacionamento no momento. Não foi direto, e nem ela, mas, no final da noite, combinaram de ser amigos e trocaram telefones. Quando ele fosse a Paris iria procurá-la para jantar. Ele estava visivelmente impressionado, e quando se despediu na porta do prédio de Débora, Sofia deu-lhe um beijo no rosto e subiu apressada.

Débora ficou satisfeita com as notícias assim que soube, no café da manhã. Estavam rindo do jantar dela com os sogros.

— O pai deles é um homem muito bonito, tem uns 60 e poucos anos. A mãe é uma típica dona de casa, mas me tratou bem. Acho que ela está um pouco preocupada com a minha idade, sim. Mas quando fomos ao toalete tentei tranquilizá--la, disse que estamos juntos há pouco tempo, nos conhecendo ainda. Aí acho que ela relaxou.

Sofia encarou a amiga e as duas caíram na gargalhada.

— Você fez o modelito pudica? "Estamos nos conhecendo, tipo assim, não se preocupe, não pretendo casar com seu filho"? É uma artista!

Débora terminou de beber o suco antes de responder e pegar o jornal que estava sobre a mesa.

— O Cláudio é que estava nervoso, fiquei com medo de ele me pedir em noivado no meio do jantar. Estava todo formal... um delírio!

— Ele está apaixonado! Acho que vai te pedir em casamento...

Débora balançava a cabeça rindo da amiga, enquanto folheava o jornal. Parou de sorrir de repente ao ver alguma coisa e olhou para Sofia com os olhos arregalados. Sofia continuou rindo.

— Ei! O que tem aí no jornal, para deixá-la tão espantada?

Débora estava lendo uma matéria e olhando uma foto. Depois passou para Sofia, que o pegou ainda rindo. Mas assim que olhou a foto, parou de sorrir. Havia um casal na foto, uma mulher loura, muito bonita, e um homem ao seu lado, também sorrindo. Era Marc. A matéria era pequena, dizia que Marc e Andréa haviam participado na noite anterior de um jantar beneficente e que a renda seria para o hospital onde ela trabalhava com crianças com câncer. Dizia ainda que o casal estava junto há seis meses e pretendendo se casar no próximo ano, e que embora fossem muito discretos, não esconderam que estavam felizes durante o evento.

Sofia abaixou o jornal e olhou para a amiga, que estava séria, a observando.

— Sofia, olha só, pode não ser bem isso, não é? Sabemos como esse pessoal aumenta, você sabe disso tanto quanto eu. Além, do fato de ele ser tímido...

Sofia soltou o jornal sobre a mesa e fechou os olhos. Abriu-os de novo e encarou a amiga antes de responder.

— Ele tinha algo sério para fazer ontem à noite, pude perceber. Pensei erradamente que era trabalho. Não teve coragem de me contar, só isso. Ele vai se casar e passou a noite comigo?

— Vai ver não vai mais se casar... sei lá. Fica calma. Podem ser namorados e só, e o jornal aumentou a história para dar ibope.

— Mesmo assim, ele tem alguém. Está com alguém. Não me contou e dormiu comigo! — ela alterou um pouco a voz ao dizer as últimas palavras, balançou a cabeça e recostou-se na cadeira.

Débora terminou seu suco rapidamente, puxou uma das mãos da amiga sobre a mesa e fez um carinho.

— Sofia, não leve tão a sério. Nunca vi nada sobre eles nos jornais antes, caso contrário, você saberia. Devem sair juntos, talvez. Ele não te contou porque vocês acabaram de se reencontrar, foi surpresa para ele. Se ele não sentisse algo por você não teria acontecido a noite que aconteceu. Não vão se encontrar hoje? Ele vai te contar!

— Será? E se for só para me dizer que foi um engano, e que eu nem pense que vamos retomar algo? Já pensou? Ele pode simplesmente falar que foi apenas sexo e aí vou dizer o quê? Que o amo? Ou que tudo bem... que para mim também foi só sexo? Acho que vou chorar...

— Ah, não vai, não! Para com isso! Espera primeiro o encontro para saber qual é. Chorar não vai resolver e ainda vai deixar sua cara inchada para a noite...

Sofia riu da amiga. Depois se levantou da mesa e se afastou, na direção da janela. Olhou para fora por alguns instantes e retornou os olhos para Débora.

— Vou para o quarto, preciso ligar para os produtores e pensar melhor sobre tudo isso. Tenho que ligar para os meus pais, prometi ir até lá. Mexeu muito comigo essa foto... Até pensei que ele poderia ter alguém, mas depois de ontem, simplesmente não faz sentido...

— Tudo bem, querida. Se precisar de mim, estarei por aqui. Tenho um monte de coisas para ler que preciso traduzir, vou trabalhar em casa. Chame-me se precisar.

Débora se aproximou dela e lhe deu um beijo carinhoso no rosto. Sofia assentiu e se afastou em direção ao quarto.

Capítulo 10

Como os dias passavam rápido! Era impressionante a velocidade. Sofia se achava sem tempo para cuidar de si mesma. Até um simples cabeleireiro estava descartado. As filmagens do documentário haviam começado. Precisou ir à Itália e depois aos Estados Unidos para acompanhar a filmagem nos locais por onde Hemingway havia passado, e tudo com pressa, pois a produtora queria terminar logo a edição e liberar o programa para um canal de TV paga no início do ano seguinte. O trabalho a absorvia tanto que nem houve muito tempo para chorar a decepção com Marc.

Os dias que passara em casa, de maravilhosos, se transformaram em pesadelo. Depois da notícia no jornal com Marc e a médica na foto, tudo foi só piorando. Quando ligou para os pais, soube que sua mãe não estava bem. Tomou a decisão de ir até à fazenda imediatamente, não sabia precisar quando voltaria ao país e ficou com receio de não poder vê-los. Ligou para Marc e deixou um recado na livraria dizendo que precisara viajar e que não se encontrariam naquela noite. Avisou ao pessoal do documentário que estaria de volta em dois dias e então se reuniria com eles. Pegou emprestado o carro de Débora e dirigiu até à fazenda, onde chegou depois da hora do jantar.

Seu pai adorou revê-la, depois de tanto tempo. Encontrou sua mãe deitada com uma indisposição estomacal e a achou mais magra do que da última vez. O médico viera e havia suspeita de úlcera. Faria exames na semana seguinte. Percebeu que sentira mais falta deles do que pensara. Os três ficaram horas conversando e isso lhe fez muito bem. Conseguiu se desligar completamente de Marc naquela noite, e durante o dia seguinte também. Montou seu antigo cavalo Faísca no final da tarde e seu pai se juntou a ela. Deram uma incrível cavalgada, que a fez se lembrar da adolescência, quando passava as férias na fazenda.

Embora seu pai estivesse com mais de 65 anos, era muito forte e bonito, e estava ótimo de saúde. Cavalgar ao seu lado a encheu de felicidade, e conseguiu ver no rosto dele a mesma expressão. Chegaram em casa muito sorridentes e sua mãe os esperava com uma limonada gelada. Olhando para ela e agradecendo o suco, reparou melhor na mãe, que sempre fora frágil e agora parecia ainda mais. Os anos passavam para todos.

No dia seguinte, após o café da manhã, retornou ao apartamento de Débora. A despedida foi dolorosa, como sempre. Adorava a fazenda e a companhia deles. Manteriam contato para saber dos exames na semana seguinte, mas deixara sua mãe bem melhor do que quando chegara, não sabia se sua visita havia ajudado. Só por isso já ficou contente por ter ido visitá-los.

Deixara seu telefone desligado durante os dois dias, pois na fazenda não havia sinal. Quando chegou ao apartamento, religou o celular e havia dois recados de Marc, pedindo que ligasse para ele antes de retornar a Paris. Mas ela não o fez. Falar com ele o quê, depois que viu aquela foto no jornal? Talvez estivesse errada, mas não conseguiria olhar para ele sabendo que tinha outra pessoa. Mesmo que os jornais aumentassem, não era invenção, e ela estava magoada demais para ouvi-lo. Sentia-se usada, fora apenas uma noite de sexo. Ele talvez tentasse negar, mas ela não queria ouvir, estava no seu direito. Por incrível que pudesse parecer, ficou com a sensação de haver se vingado dele e sentiu-se péssima com a constatação.

Agora ela é que não lhe dera ouvidos, estava agindo como ele no passado, simplesmente não lhe deu a menor chance. Mesmo que não fosse se casar, ele em momento algum tinha dito que iria ficar com ela, e era isso que deveria ter feito. Deveria ter conversado com ela sobre a namorada, não tinha o direito de lhe esconder isso. E como poderia pensar em ter algo com ele? Nem moravam mais na mesma cidade. Ela morava em Paris, havia o documentário, como conviveriam? Cada um no seu país? Encontrando-se de vez em quando?

Só depois que firmasse mais seu nome no cinema ela poderia abrir mão do jornal, naquele momento não tinha condições de abandonar seu emprego. Precisava se concentrar novamente no trabalho, pensar no seu documentário, tentar esquecer a noite de amor. Reuniu-se com os produtores assim que chegou da fazenda e depois de tudo acertado, voltou para Paris.

Para piorar seu humor, esbarrou em Nick no aeroporto. Ele tentou ser simpático, ela, por sua vez, foi apenas educada. Sentiu um alívio maior ainda ao embarcar. A última coisa de que precisava nesse momento de sua vida era encontrar o ex-noivo.

Débora ligou para ela quase todos os dias desde que voltara para casa, até ela sair em viagem com a produção do documentário. Uma vez, ao ligar a secretária eletrônica, havia um recado de Marc. Ela se espantou, mas soube depois que Débora havia dado o seu telefone, mesmo sem avisá-la. Ele insistira muito, Débora confessou à amiga pouco depois. O recado era simples, ele dizia que sentia muito por tudo que havia acontecido e que gostaria de encontrá-la para esclarecer as coisas. Pediu que ela retornasse a ligação e não gaguejara como costumava fazer, mas ela pôde sentir a tensão em sua voz. Depois de refletir um pouco, decidiu não retornar a ligação.

Ele não ligou de novo nos dias que se seguiram. E quando ela voltou de viagem, depois de mais uma semana com a produção do filme, não havia novos recados. Quase dois meses haviam se passado, a vida estava tranquila e Sofia mal podia esperar para o término das filmagens e edição, que ela estava conseguindo acompanhar. Como passaria na TV paga, haveria apenas um breve lançamento nos Estados Unidos no mês seguinte e ela deveria comparecer. O filme entraria no ar em janeiro, na grade da emissora especializada em artes. Outras emissoras na Europa já haviam demonstrado interesse também, e logo fechariam contrato para exibição em Londres e Paris. A felicidade no quesito trabalho era enorme. Breve, teria que escrever outro documentário e a vida prosseguiria.

Somente a lembrança de Marc a deixava melancólica e triste. Não conseguia esquecer aquele rosto, seu corpo, sua voz. Saber pelo jornal que ele tinha outra pessoa, uma namorada, o que fosse, havia mexido demais com ela. Era mais mágoa do que raiva. Onde estava aquela sensação de saudade, vontade, e mesmo amor, que sentira em seus olhos e na sua boca quando ele a beijou? Seria apenas imaginação sua? Não poderia ter se enganado tanto. Talvez devesse de fato ter dado a ele a chance de falar, porque se fosse só para se desculpar, um telefonema bastaria.

Débora ligava com frequência, e haviam combinado de se encontrar no lançamento do documentário em Los Angeles, dentro de alguns dias. A amiga queria saber se Marc voltara a ligar e Sofia disse que não. A amiga então perguntou por que ela não ligava, Sofia disse que estava com vontade, mas com medo do que ele iria dizer, medo de acreditar nele, enfim, medo até mesmo de se encontrar com ele. Débora havia se encontrado com Diogo em uma exposição e Marc também estava lá. No final da conversa, Diogo perguntara por Sofia. Marc ficou calado, mas prestou atenção na resposta e Débora resolveu pedir para ele tentar falar com ela de novo. Além disso, pediu a Diogo que ajudasse a promover um encontro entre os dois, mas não podia dar certeza de que ele faria isso. Torcia para que seu pedido fosse atendido.

Conhecendo a amiga como conhecia, Sofia nem se espantou com a audácia dela em se meter nos assuntos dos outros. Mesmo não tendo intimidade com nenhum dos dois, era capaz de fazer qualquer coisa.

O pré-lançamento do documentário foi um sucesso. Sofia adorou ter a companhia de Débora para poder compartilhar sua alegria. Seus pais lhe mandaram flores, falaram ao telefone e Sofia chorou de emoção. Débora lhe deu uma notícia surpreendente: ela e Claudio iriam se casar e a queriam como madrinha. Beberam muito naquela noite para comemorar, e Sofia não parou de pegar no pé de Débora.

— Pensei que jamais chegasse esse dia! Ele conseguiu! — Sofia dizia, enchendo o copo de vinho mais uma vez. — E a família dele?

Débora ria, esparramada no sofá.

— O pior é que gostaram, ou se não, enganaram muito bem! Ele já está lá em casa direto, melhor assumir logo. Sei lá, acho que finalmente estou ficando velha. Não quero mais ficar saindo e conhecendo homens diferentes. Estou bem — constatou, rindo.

— Mais um brinde! Felicidades! Quando vai ser?

— Dia 24 de novembro, prepare-se, você tem que estar divina. Afinal, vou estar a caráter!

— Véu e grinalda? — Sofia a olhou espantada. — Igreja? Padre? Esse garoto fez um milagre!

— Menos, nem tanto. Estarei de branco, mas a cerimônia será na casa da família dele. É linda! A decoração será bem clássica, essa parte deixei por conta deles. Não quer aproveitar e fazer um casamento duplo?

— Hahaha! Muito engraçada! E posso saber com quem?

— Com Marc, lógico! Ele vai te pedir... ou peça você — disse Débora, encarando-a. — Tentei falar com ele de novo no outro dia, como te contei. E quem sabe ele escuta o Diogo... foi quem mais sofreu com a história toda e já entendeu que não foi sua culpa... Marc também.

— O problema não é mais esse, e sim, a suposta noiva... e ele ter dormido comigo na véspera da notícia no jornal...

— Não eram noivos. Eram namorados. E já terminou. Você precisa acreditar nele. Qual é seu problema? Parece até que está fugindo dele...

— Pode ser. Moro aqui e ele lá, como seria o amor à distância? — Sofia parou de sorrir. — E ele ainda não me disse que não eram noivos... de qualquer forma naquela noite ele tinha uma pessoa e não me disse nada... Não está certo!

— Ah, por favor, para com isso. Se ele tivesse dito, vocês não teriam tido a noite que tiveram, ele apenas tentou te esquecer com outra... Todo mundo faz isso! — Débora insistiu quando viu a cara triste da amiga. – Ei! Desculpe, não quis pegar pesado. Mas vocês, os dois, estão perdendo tempo. E por que você não volta para casa?

— Porque ainda preciso do dinheiro como correspondente... Vou demorar a ganhar o suficiente somente com documentários — voltou a sorrir enquanto falava — mas estou pensando nisso, em voltar e tentar fazer meu trabalho para o jornal pela internet, viajando só de vez em quando...

— Ah, um brinde a isso! — brindaram sorrindo. — Então, meu casamento será mais uma chance de você e Marc se encontrarem, porque vou convidar todo mundo, mas espero que se acertem antes disso. Mais um brinde!

As duas terminaram mais uma garrafa. No dia seguinte, quando foram para o aeroporto, estavam ambas de ressaca, mas felizes. Se abraçaram muito na despedida. Sofia voltou para casa pensando na conversa da véspera. E sentiu mais saudades ainda de Marc.

Capítulo 11

Sofia estava chegando em casa, duas noites depois da festa de lançamento, e o telefone estava tocando. Reconheceu de imediato a voz do seu chefe.

— Olá, Charles, tudo bem?

— Tudo. Querida, preciso conversar com você o mais breve possível, pode ser hoje ainda? Posso ir até aí?

— Claro, estou te esperando — e desligaram logo em seguida.

Havia alguns dias que não se falavam. Como correspondente, as reuniões de que Sofia participava eram poucas. Vez ou outra ele a chamava para conversar, mas nunca no jornal. Ela estranhou, tanto a vinda dele como o tom de sua voz ao telefone.

Tomou uma ducha e vestia roupas confortáveis quando ele bateu à porta. Era um senhor de mais de 60 anos, usava óculos de lentes grossas, era alto e seu sotaque francês muito marcante; deu-lhe um beijo rápido e logo estavam sentados no sofá. Ele aceitou a taça de vinho que ela lhe ofereceu.

— Desculpe ter vindo até aqui, incomodá-la em casa. Mas vou direto ao ponto — disse, como se estivesse se desculpando. — Estão acontecendo coisas estranhas aqui em Paris e em outras cidades, envolvendo o mercado das artes e alguns políticos. Sei que você não é jornalista investigativa, mas colunista de artes... Por isso, acho que pode me ajudar.

Sofia não estava entendo bem o ponto ainda, mas ficou em silêncio, enquanto ele bebia um gole do vinho.

— Acontece que os dois jornalistas que estavam cobrindo o caso, bem, eles sumiram — e a encarou quando disse isso.

— Quem sumiu? Melhor me contar essa história com detalhes, não estou entendendo... Que caso?

— Estão falsificando obras de arte, as mais caras pelo que apurei até agora, e os originais estão sendo roubados e parando nas mãos de políticos. O caso foi descoberto, mas abafaram, porque o político em questão é senador, eu estava acompanhando desde o início. Tenho todo o material que eles reuniram, mas é fundamental descobrir o que aconteceu com os repórteres desaparecidos. Um policial amigo está fazendo buscas, mas até agora... nada.

— Desapareceram depois de te contarem sobre o senador? — Sofia se levantou e andou pela sala.

— Exatamente. Conversei com o Nick a respeito, não por telefone, ele estava em Barcelona, voei até lá ontem e conversamos longamente. Ele está a par, mas sabe menos sobre o assunto do que eu, bem, ele me sugeriu que te procurasse, parece que você tem amigos artistas e políticos, poderia sondar algo para mim.

— Certo, mas eles não saberiam sobre os jornalistas... podem ter ouvido rumores sobre falsificações ou políticos envolvidos, talvez... Em que pé está tudo isso?

— Imaginando que você iria me fazer perguntas, trouxe-lhe este pen drive —abriu a pasta e lhe entregou o objeto. — Aqui tem todas as informações que eles conseguiram levantar. Tenho mais alguma coisa no meu notebook, nada muito preciso, só o que estava acontecendo bem no começo. Essa história já tem mais de um ano e somente agora chegamos nesse senador e nessa obra específica.

— Qual?

— Uma tela de Van Gogh que deveria estar no museu em Amsterdam, mas a que está lá é uma cópia perfeita... os curadores do museu ainda não sabem.

Sofia ficou impressionada. Depois que o chefe saiu, ficou lendo o material e cada vez mais perplexa. Era longo o caminho que os jornalistas que trabalharam no caso haviam percorrido, várias cidades pesquisadas, evidências das falsificações perfeitas. O trabalho de apuração estava muito bem feito, ela não entendia como haviam conseguido nem por onde haviam começado. Embora não fosse o que costumava fazer, ficou curiosa e pensou em dar alguns telefonemas para investigar as falsificações, mas sem entrar no mérito dos roubos, deixaria isso para a polícia. O mundo das artes era muito complexo, já seria difícil saber algo mais sobre as telas falsas.

Os jornalistas haviam chegado a um irlandês e um iraniano. O irlandês era escultor, o nome chamou sua atenção, era conhecido por obras em ferro e fundição, nada a ver com pintura e muito menos com a delicadeza de um Van Gogh, muito pelo contrário, seu trabalho poderia ser qualificado como pesado, duro, grande. Teria também habilidade com pincéis e etc.? Isso a deixou muito curiosa. O iraniano, pintor, fazia paisagens, mais em aquarela, teria feito alguns retratos ultimamente, seria bom em óleo sobre tela? Reviu os últimos contatos registrados no pen drive, mas pensou em Diogo e sentiu vontade de falar com ele, pelo menos sobre o irlandês, com certeza ele devia conhecê-lo. Mas deixou para depois, começaria ali mesmo em Paris, procuraria a última pessoa com quem os jornalistas tinham conversado. Era empresário, chamava-se

Pierre e morava em Montparnasse.

Depois de reler todo o material e fazer várias anotações, espreguiçou-se e se sentiu cansada. O dia já estava amanhecendo e decidiu dormir um pouco antes de sair.

Sofia descobriu que Gérard, um dos jornalistas, saíra para um dia normal de trabalho e não voltara para casa. Era solteiro e seu apartamento ficara fechado. A polícia o arrombara e não havia encontrado marcas de briga nem nada de diferente. Estava tudo arrumado, somente a cama desfeita e a louça do café da manhã na pia, nenhuma impressão digital que não fosse a dele. O outro, Jean-Claude, saíra de casa após receber um telefonema, dizendo que voltaria à noite. Morava com a namorada, que estava à base de calmantes desde o seu desaparecimento. A polícia a interrogara várias vezes, mas ela não parecia saber de nada. Para preservá-la, Jean-Claude era sempre muito reservado e não comentava no que estava trabalhando.

Depois de uma semana sem nenhuma novidade, Sofia decidiu ligar para Diogo. Não sabia bem como abordaria o assunto, principalmente por telefone, mas tentaria descobrir algo que fizesse sentido. Ele atendeu no segundo toque. Assim que ela se identificou, ouviu um sonoro "Bela! Que surpresa! Está tudo bem em Paris?"

Ele gostava de chamá-la assim, e isso a lembrou Marc. Suspirou quando respondeu.

— Sim, tudo bem. Paris está sentindo saudades suas, e eu também! — ele riu do outro lado.

— E além de minhas... de mais alguém?

— Claro, de vários outros amigos. Você realmente não muda!

— Estou sabendo do casamento de uma amiga sua, Débora, em novembro. Você vai ser madrinha, não é?

— Serei. E você, está animado para a festa?

— Muito! Sabe como adoro festas, e de casamento então... um dia ainda tomo coragem e me caso com Fil, com pompa e circunstância. O que acha da ideia?

— Já aprovei. Na Igreja? — Sofia riu alto junto com ele.

— Não, querida, os padres não iam querer... Teria que ser algo mais intimista, com um monge taoista, talvez.

— Grande ideia. Eu não perderia por nada!

Ele ficou meio quieto, meio rindo, e ela aproveitou para entrar no assunto.

— Diogo, preciso saber de algo sobre um artista irlandês, muito bom com esculturas em ferro, sabe de quem estou falando?

— Deixa eu ver, conheço um, é Ian... Uamky... hum, algo assim, não, o sobrenome dele é difícil... Uwanky. Isso, fez muito sucesso há alguns anos, mas confesso que faz tempo que não escuto falar, nenhuma exposição recente. Ele está expondo em Paris?

— Não. Aqui também tenho pouca informação. Estou fazendo uma matéria sobre artistas que trabalham com materiais diferentes, e um conhecido me sugeriu esse nome, mas não encontrei nada, achei que você soubesse algo.

— Bem, o que sei é que ele morava em Berlim. Existe até uma galeria lá com obras permanentes dele, acho que de um irmão dele, mas como te disse nos últimos dois anos, pelo menos, não ouvi falar de exposições, catálogos, nada. Ainda deve ter obras lá nessa galeria, Kunst-A, algo assim. Mas, Bela, se me permite um comentário, não gosto do trabalho dele. É frio como o ferro que ele usa, umas coisas sem expressão, não me causa nenhuma emoção.

Sofia achou as informações muito úteis e anotava tudo enquanto continuavam conversando.

— Ele pode ser bom pintor?

— Nunca soube de nada disso. Só se mudou de caminho recentemente. Nunca soube que tivesse algum quadro exposto...

— É, na verdade, queria uma opinião sua sobre isso, se artistas desse tipo, que trabalham com materiais tão pesados, podem ser capazes de pintar, de algo delicado, bem figurativo?

Ele ficou em silêncio por alguns instantes, antes de dar uma resposta que Sofia já tinha imaginado.

— Hum. Se fosse intenção dele manter em sigilo um dom para a pintura e mostrasse a escultura para camuflar isso... sim. Mas eu nunca soube de nada nesse sentido, acho que ele é apenas um escultor mediano. Estou sendo entrevistado? Se meu nome for aparecer, corte esta última frase, ok?

— Não se preocupe, não revelo minhas fontes, mas não, é apenas curiosidade, para uma pesquisa que estou fazendo. Mais uma pergunta, agora muito pessoal... e se você revelar eu é que ficarei triste... — tomou coragem, respirou fundo e perguntou: — Como está Marc?

— Ah, finalmente — ele caiu na gargalhada, ela já esperava essa reação, mas não conseguiu resistir. — Ele está bem, participando de um seminário em Nova York e só retorna daqui a alguns dias. É um encontro anual dos melhores livreiros do mundo, e ele, claro, faz parte da lista. Vocês não se falaram mais?

— Ele deixou alguns recados, mas não retornei. Estava pensando em procurá-lo... deixamos alguns assuntos pendentes... vou esperar que ele volte.

— Hum, grande ideia. Quer vir me visitar no início do mês? Promovemos um encontro casual... aqui pela rua... — ele ria baixinho, enquanto falava. — Assim não precisa esperar o casamento de Débora para revê-lo... — em seguida, caiu na gargalhada.

Sofia também riu. Ficaram trocando chistes por mais alguns instantes, depois ela agradeceu pelas informações e prometeram se falar mais vezes. Quando se despediram, Sofia ainda manteve o fone perto do ouvido e escutou um ligeiro clic. Não gostou, parecia que alguém escutava em alguma extensão, não havia nenhuma na casa dela, e na de Diogo, quem poderia estar querendo ouvir a conversa deles? Pouca chance. Balançando a cabeça, colocou o fone na mesa e ficou pensativa.

Ao comentar com Charles a possibilidade de seu telefone estar sendo grampeado, ele achou melhor ela não continuar nas investigações, ficou preocupado por tê-la envolvido. Pediu que se afastasse do caso, disse que colocaria outra pessoa em seu lugar, já que para ela era muito complicado. Mas Sofia sabia que ele não tinha ninguém e se prontificou a continuar, pelo menos até que ele encontrasse outro jornalista da área.

Para tentar protegê-la, o jornal publicou um artigo sobre o sumiço de dois jornalistas que investigavam falsificações em obras de arte. Estando na mídia, fosse lá quem fosse que estivesse envolvido poderia ficar com medo da publicidade, embora a polícia não tivesse gostado nada, pois a matéria dificultava o seu trabalho.

Enfim, não se sabe se por conta do artigo, ou apenas por coincidência, poucos dias depois dois corpos foram encontrados dentro da mala de um carro, abandonado nos arredores de Paris. Estavam mortos há mais de um mês, os dois assassinados da mesma forma, com tiros no peito e na cabeça. Depois da autópsia, foram identificados como sendo os dois jornalistas desaparecidos.

Charles ficou possesso. Publicou várias matérias seguidas sobre a morte de profissionais durante o trabalho de investigação do noticiário. A mídia deu uma ampla cobertura ao caso. A polícia continuava sem pistas.

Quando soube das mortes, Sofia estremeceu. Colocou trancas extras no apartamento e não falou sobre o caso com mais ninguém. Trocou também seu número de telefone e só avisou alguns poucos amigos, por e-mail e pelo celular. Seu chefe a tirou do caso imediatamente, e ela lhe passou todas as informações que havia levantado, inclusive a conversa com Diogo — sem citar nomes, pois precisava protegê-lo também. Charles sugeriu que deixasse Paris, voltasse para sua casa ou para a fazenda dos pais, para que não ficassem dúvidas de que não estava envolvida no caso. Deu-lhe férias, e como ela estivesse relutante, exigiu que ela o obedecesse.

Sofia não queria se afastar por enquanto, ainda por conta de contatos relativos ao documentário. Mas uma semana depois, teve a nítida impressão de estar sendo seguida. Quando saiu, no final do dia, de uma reunião na distribuidora, resolveu dar uma volta num shopping antes de ir para casa. Andou pelas livrarias, tomou um café e quando achou que tudo não passava de cisma, tomou um táxi. De dentro do carro olhou diversas vezes para trás, mas não poderia dizer se estava sendo seguida.

Chegou ao prédio e subiu bem rápido para seu apartamento, mas quando ia colocar a chave na fechadura percebeu que a porta estava encostada. Alguém havia entrado na sua casa. Recuou, pegou o celular e ligou para a polícia, enquanto batia na porta do vizinho de baixo, que não havia visto nada nem escutado nenhum barulho. Esperou lá até a polícia chegar e quando entrou em seu apartamento, ficou chocada: a sala estava mexida, seu armário de roupas aberto e totalmente revirado. Mas não sentiu falta de nada, pareciam apenas estar procurando por algo que, com certeza, não tinham encontrado. O notebook e o smartphone estavam com ela, em casa só tinha o material de pesquisa do documentário.

A polícia a aconselhou a deixar a cidade. A equipe que

investigava a morte dos jornalistas não tardou a chegar, e ofe-
receram escoltá-la até o aeroporto. Queriam que viajasse imediatamente. Ela relutava, não conseguira falar com Débora,
que estava com o noivo na Itália fazendo compras para o casamento. De qualquer forma, decidiu que iria para um hotel até
Débora voltar.

Arrumou uma bolsa de viagem com apenas um jeans, algumas camisas e dois vestidos. Fez a reserva do voo e às duas
da manhã estava no aeroporto. Pegaria uma conexão e no dia
seguinte, pela hora do almoço, estaria em casa. Deixou o apartamento trancado e trouxe o notebook, mas a polícia a aconselhou a apagar todos os seus arquivos e rasgar as anotações.

Tudo acontecera tão rápido que só conseguiu relaxar um
pouco quando o avião começou a decolar. Fechou os olhos por
alguns instantes e agradeceu a Deus por estar bem. Tudo que
ela queria era deixar tudo aquilo para trás.

Capítulo 12

Assim que o avião pousou, Sofia já estava pronta para sair. Foi uma das primeiras a pegar sua mala na esteira. Em seguida, ligou o celular. Tinha duas mensagens, ambas de Diogo, pedindo que ela ligasse para ele com urgência. Estranhou, e antes de sair do saguão de desembarque ligou para ele. Ele atendeu no primeiro toque.

— Bela, me diga, onde você está?

— Aqui. Acabei de chegar, estou no aeroporto. Está tudo bem?

— Comigo, sim, mas estou preocupado com você, li sobre os jornalistas mortos em Paris e juntei as pontas... venha para minha casa, vamos conversar... É claro que está envolvida com isso...

— Agora?

— Sim, você vai ficar com a Débora? — ele falava muito rápido.

— Ela está na Itália, deve voltar dentro de alguns dias... eu...

Ele a interrompeu

— Fique aqui, venha para cá, ok? Estou te esperando — mandou um beijo e desligou em seguida, sem lhe dar tempo de recusar.

Mesmo hesitando, ela foi para lá direto do aeroporto. Em quarenta minutos estava entrando na sala da casa dele e ele veio sorrindo em sua direção. Se abraçaram, ele a beijou no rosto, tirou-lhe a bolsa dos ombros e acomodou suas coisas num sofá enquanto a levava para se sentar em outro. Começou a falar sem parar sobre tudo que havia visto na TV e nos jornais, achava que ela estava em perigo, as perguntas que lhe fizera sobre o escultor não eram coincidência, ela estaria na verdade sondando se ele poderia ser o falsificador das obras... com a falta de informações concretas, ficou imaginando quais seriam as telas que estavam sendo falsificadas...

Ela assentia em silêncio, enquanto ele falava. Depois contou-lhe tudo que sabia e, no final, sobre o apartamento arrombado. Ele estava chocado.

— Eles acham que você sabe, ou que descobriu algo, e querem confirmar. Isso é muito perigoso! Esse teu chefe não devia tê-la metido nessa história... não acha?

— Ele não tem culpa, estava sob pressão para descobrir o que havia acontecido com os jornalistas... me deixou super à vontade para não fazer nada, eu é que quis ajudar... — ela mexia com a cabeça enquanto falava, como se estivesse negando.

— Mas é uma encrenca! Não é sua área esse tipo de investigação... Ou você mudou de ramo por causa do documentário?

— Não. Foi meu antigo chefe quem sugeriu meu nome, mas...

— Aquele pilantra do Nick? Ele te odeia mesmo! Tipo, não ficou comigo, foi embora, agora vou matá-la?

Sofia riu do jeito dele falar. Não havia pensado nas coisas nesses termos, mas rejeitou a ideia na hora.

— Menos, Diogo! Ele não quer me matar, apenas indicou

meu nome por causa do meu envolvimento com o mundo das artes... Não é tão ruim assim para querer me matar... Apenas achou que eu poderia ajudar o Charles, só isso.

— Duvido! Crápula! Marc devia ter socado a cara dele desde aquela vez que ele armou para cima de nós... Agora ele tem que agir... Tomar seu partido! — falava sem parar, gesticulando, não aceitava os argumentos dela.

— Não, de jeito algum vou envolver Marc nisso, e muito menos você. Vim no avião apagando todos os meus arquivos e rasguei minhas anotações, joguei no lixo, vou queimar o resto. Você está preservado, pois Charles nem sabe o seu nome... — ela hesitou, como se estivesse se lembrando de algo, e ele notou.

— O que foi, Bela?

— Daquela vez que conversamos, achei que meu telefone poderia estar grampeado... — hesitou de novo. — Mas... não sei, talvez seja melhor eu não ficar aqui, preciso proteger você. Não me lembro de termos falado nossos nomes, mas podem rastrear pelo meu antigo telefone de casa, já mudei o número.

— Deixe de bobagem. Vai ficar aqui até que Débora chegue. Não quero você em um hotel. Pode ser perigoso, porque estará sozinha.

— Não acho que aqui tenha alguém me seguindo. Mas, para minha própria tranquilidade, não ficarei, ok? Por favor, me entenda. Jamais vou me perdoar se algo... as coisas se complicaram muito! — falou tudo bem rápido, como fazia quando estava nervosa.

Ele a abraçou quando percebeu seu estresse pelo tom alterado da voz, uma tensão que ela tentava aplacar há dias. Ter se lembrado do telefone grampeado fez com que se sentisse ainda pior, pois, sem querer, colocara Diogo em risco, e isso a deixou apavorada. Nunca pensara que coisas desse tipo pudessem acontecer com jornalistas, muito menos com ela, que nunca se metera em investigações. Suas pesquisas eram sempre biográficas, voltadas para as artes.

Ficaram ali, abraçados, em silêncio, por algum um tempo, até sentirem que ela estava melhor. Diogo preparou um suco e beberam em silêncio. Fil estava fora, só voltaria no dia seguinte. Jantariam em casa juntos e resolveriam tudo no dia seguinte. Ainda indecisa, Sofia acabou concordando. Ele a levou para um quarto de hóspedes, todo decorado nas cores lilás e branco, tudo de muito bom gosto.

Ela sorriu quando entrou e viu que havia até roupão e toalhas sobre a cama, com duas barrinhas de chocolate Godiva, um mimo e tanto para o hóspede. Sorriu, agradecendo o quarto. Ele mandou que ela tomasse um banho e descansasse até à noite. Ela prometeu obedecer e se despediu com um beijo no rosto, antes dele a deixar sozinha. Depois de um longo banho, achou que ainda não conseguiria dormir, mas assim que se deitou na cama, adormeceu.

Dormiu por umas duas horas, e quando acordou, havia um lanche no seu quarto e um recado de Diogo avisando que jantariam às oito. Depois de beliscar a comida, pegou seu computador para checar e-mails e trabalhar um pouco. Pouco antes das oito vestiu um jeans e camiseta, passou um batom suave e desceu. Diogo estava à sua espera.

Tiveram um jantar delicioso, peixe assado com ervas, risoto de açafrão e um vinho italiano maravilhoso. Ele sabia receber como ninguém. Riram muito das histórias que ele contou, do mundo das artes e de Felipe também. As horas se passaram sem que ela se desse conta. Antes de se recolher, Diogo falou sobre Marc. Estava pensando que ela deveria ficar na casa dele, ninguém sabia do envolvimento deles no passado e seria mais seguro para ela, ao mesmo tempo estariam próximos, para que ele soubesse que ela estava bem. Marc ainda não tinha voltado de Nova York, ela não podia pensar em ficar na casa dele sem ele saber. Diogo tinha as chaves, a empregada ia lá todos os dias dar comida ao Tom. Ele prometeu que pediria licença a Marc no dia seguinte, mas ela não podia aceitar e repetiu isso inúmeras vezes.

— Não tem cabimento! Não falo com ele há tempos e se ele estivesse lá seria ainda mais esquisito.

— Esquisito? Sabia que "esquisito" em espanhol quer dizer bom? Então... seria muito bom se ele estivesse? — Diogo riu da própria piada.

Ela continuava negando, e colocou sua taça sobre a mesa.

— Já bebi demais e você está aproveitando para tentar me convencer do impossível... sem chance. E também não ficarei aqui, já te expliquei por quê. Amanhã irei para um hotel.

— E se nós dois falássemos com ele? Você teria tempo se quisesse sair antes dele chegar, e Débora já estaria de volta. É perfeito.

— Não posso ficar lá, com ou sem ele, ok? Agora vou dormir. E amanhã sairei bem cedo. Isto é que é perfeito!

Ele suspirou, se levantando junto com ela. Assentiu em silêncio e a acompanhou até o quarto. Beijou-lhe a testa e desejou boa-noite. Sofia foi se deitar com a cabeça mais cheia do que antes. Como assim, ficar na casa de Marc? Sua vida ficava a cada dia mais confusa! Ligaria de novo para Débora pela manhã, para saber quando estaria de volta, decidiu, antes de pegar no sono.

No dia seguinte, soube que Débora ainda demoraria pelo menos três dias. Tinham resolvido ir ao sul da Itália e estavam tentando um voo de volta. Ficou arrasada por não poder ajudar, sempre insistira que ela deveria ter uma cópia da chave, mas Sofia acabara se esquecendo de fazer. Débora a aconselhou a aceitar a sugestão de Diogo, mas Sofia estava com muitas dúvidas. Tomou um banho, arrumou sua mala e desceu para o café. Diogo apareceu quando estava praticamente terminando, vinha ofegante em sua direção.

— Belíssima! Finalmente, acabei de falar com Marc pelo telefone e ele te emprestou a casa. Ele só volta semana que vem, então estamos resolvidos — sentou-se perto dela e se serviu de suco de laranja enquanto a olhava.

Sofia o encarava, atônita.

— Diogo, falamos ontem sobre isso exaustivamente, e te avisei que eu não queria...

— Pura teimosia. Ele não estará aqui hoje e nem amanhã e depois Débora chegará — bebeu seu suco e enquanto passava geleia na torrada voltou a olhar para ela.

— Débora ainda não sabe quando chega, acabei de falar com ela. Está supertriste porque não tenho a chave da casa dela, mas a casa de Marc não faz nenhum sentido. Vou para um hotel e ponto.

— Não, querida, ponto e vírgula — ele parou de comer e a encarou, sério desta vez. — Não posso deixar você sair daqui para um hotel. Marc autorizou e, digo mais, senti que ele gostou muito da ideia. Não contei tudo, falei que você teve um problema, que Débora estava fora e que não queria ficar aqui porque poderiam te encontrar. Ele ficou preocupado, porque não pude falar claramente, não sei se estamos sendo ouvidos. Querida, por favor, fique lá estes dias até a Débora chegar. Assim, todos ficaremos felizes e o Tom vai adorar, tenho certeza!

Sofia terminou sua xícara de café e olhou para Diogo, séria também. Ficou pensando no que ele acabara de dizer e estava sem saber que atitude tomar. Talvez não fosse tão ruim assim ficar na casa de Marc. Sentiria saudades do passado. E depois, como lhe agradeceria por isso? Diogo a observou e lhe deu um sorriso.

— Bela, não lute contra sua própria vontade. Falei com Fil agora há pouco, e ele está achando a ideia da casa de Marc ótima. Todos acham. Por que ir contra a maré? Para que tumultuar mais ainda as coisas? Pena ele não estar, seria perfeito um reencontro assim. Mas lá tem quarto de hóspedes também. Vou ligar para a faxineira ajeitar tudo pra você. Tom fará a segurança e eu estou aqui. Fil chegará hoje, podemos jantar juntos, que tal?

— Parece que está tudo arranjado... Você consegue sempre tudo o que quer? — Ela sorriu de volta. — Tudo bem, eu vou. Mas preciso falar com o Marc para agradecer. Ele me procurou, eu não respondi e mesmo assim, ele me deixou ficar lá.

— Amanhã, Bela, hoje ele está enrolado até o pescoço no seminário e tem um jantar, vai ser difícil falar com ele. Amanhã à noite você tenta. Sei que durante o dia ele nem atende o celular — disse Diogo, enquanto se levantava e vinha lhe dar um beijo na testa. — Resolvido, ótimo! Agora preciso sair e posso lhe dar carona até lá, vou chamar meu motorista. Suas coisas estão prontas, ou você quer ir só depois?

Sofia aproveitou e se levantou também.

— Tudo pronto. Posso ir, sim. E, Diogo, obrigada! Você é realmente um grande amigo.

— Não me agradeça por isso. Quero apenas que fique bem.

Capítulo 13

Sofia mal podia acreditar que tinha concordado. Mas agora que estava lá, além de confusa, estava se sentindo estranha. Rever Tom tinha sido maravilhoso. O cão fizera muita festa na chegada dela, e desde então não saía mais do seu lado. Deveria estar sentindo falta do dono e de movimento na casa.

Sofia entrou vacilante e olhou ao redor, lembrando-se de tudo. As chaves foram entregues pelo próprio Diogo, que a deixou na porta e foi para um compromisso, prometendo que se falariam mais tarde. Atravessou a sala devagar, depois foi até a cozinha, que estava impecavelmente limpa e arrumada. A geladeira estava abastecida de frutas, sucos e iogurtes, e ela sentia a presença de Marc em tudo. Depois de algum tempo, resolveu subir e passou direto pela porta do quarto dele, que estava fechada. Rumou para o segundo quarto, que deveria ser o de hóspedes. Pelo que se lembrava, era menor que o dele, tinha uma cama de casal no centro e as janelas estavam abertas, dando também para a rua principal.

Havia uma cômoda baixa, onde colocou sua bolsa de viagem. Pensou naquele instante que não guardaria nada, usaria a casa o mínimo possível. Havia um pequeno banheiro do lado direito. Olhou-se no espelho. Enquanto via sua imagem refletida, pensava o que estaria fazendo ali. Não deveria ter concordado, respondeu para seu reflexo. Podia até sentir o perfume de Marc, ou seria apenas sua imaginação? Virou-se de costas e apoiou-se na bancada da pia, reparando nas toalhas arrumadas para ela. Ele gostava de toalhas pretas, bem felpudas, até disso ela se lembrou, enquanto sentia uma imensa saudade. Não teve coragem de ir ao quarto dele, seria demais, pensou. Nem precisava entrar lá para reviver as noites de amor.

Por volta da hora do almoço, bateram na porta. Era um dos empregados de Diogo, que lhe trouxera uma linda bandeja com salada verde e uma garrafa de vinho francês. Diogo pensava em tudo. O empregado avisou que a esperavam para o jantar às 8h00. Ela agradeceu a gentileza e levou tudo para a mesa da cozinha. Almoçaria mais tarde, não sentia fome; abriu a garrafa de vinho e acabou bebendo duas taças. Depois, olhando a máquina de café expresso e lembrando-se do café maravilhoso que Marc fazia, resolveu fazer um.

Durante a tarde, leu os jornais. Havia duas notas sobre o assunto das falsificações. Uma dizia que a polícia tinha uma pista sobre o assassinato e breve chegariam aos criminosos. Sofia torceu para que fosse logo. Na coluna de artes plásticas havia uma matéria sobre falsificação de telas. Lógico que fora Charles quem plantara, para que continuassem falando no assunto e a esquecessem. Quando voltasse a Paris o procuraria para agradecer.

Pegou seus e-mails, todos de trabalho. Terminou duas matérias que estavam pendentes e enviou para o jornal já no começo da noite.

O jantar com Diogo e Felipe foi ótimo. Riram muito, conversaram bastante. Fil, como Diogo o chamava, era adorável e muito espirituoso, contido, meio tímido, às vezes, e foi muito bom estar com eles. Conversaram sobre as falsificações e as notícias do dia nos jornais. Perto de meia-noite estava de volta. Como havia abusado de novo do vinho, adormeceu profundamente assim que chegou em casa.

Combinara com Diogo que ligaria para Marc no dia seguinte para agradecer. Acordou tarde, na manhã seguinte, com seu celular tocando: era Débora, para saber notícias. Conversaram por um tempo e a amiga adorou saber que ela estava na casa de Marc. Disse-lhe que, mesmo ele não estando lá, teriam muito assunto para conversar depois disso e ela poderia agradecer a gentileza dele de várias formas. Lógico que Débora falava em sexo, e as duas deram muitas gargalhadas. Ela chegaria dentro de dois dias e Sofia adorou saber que poderia ir para a casa dela. A amiga falou da festa de casamento, disse que a levaria à casa dos sogros e queria ajuda para várias coisas, aproveitando que Sofia ficaria alguns dias. Quantos dias? Ela ainda não sabia. Não podia ligar para Charles, seria arriscado.

Na hora do almoço, Diogo telefonou e conversaram um pouco. Mais tarde ele pediu que lhe levassem um lanche, um sanduíche de frios. À noite, por volta das 7, mandaria o jantar, uma massa divina que o cozinheiro estava preparando. Não poderiam se encontrar porque ele e Felipe tinham um compromisso. Ela agradeceu toda a atenção e carinho de Diogo e combinaram de se falar mais tarde ou no dia seguinte.

Um pouco antes do jantar, ao assistir ao noticiário, Sofia foi surpreendida com a novidade: haviam prendido os assassinos dos jornalistas franceses. A reportagem foi extensa. Um grupo de mercenários havia sido pago por dois políticos envolvidos, que tinham em seu poder duas telas originais e haviam pago ao irlandês para falsificá-las. Sofia tinha acertado tudo. Era o artista sobre o qual ela e Diogo haviam conversado. Havia um mandato de busca e apreensão de outros originais espalhados pelo mundo, não se sabia exatamente quantos. Um dos políticos havia sido preso e outro estava foragido, um deles um lorde inglês. Sofia chegou a pular da cadeira quando o telefone tocou. Atendeu, e era Diogo pedindo para ela assistir à TV. Conversaram sobre o que estavam vendo simultaneamente.

A reportagem citava uma jornalista que havia entrado no caso recentemente, e também tinha corrido risco de vida, pois haviam encontrado várias fotografias e relatórios sobre o caso, mas a polícia não liberara seu nome, o que ela sabia ser obra de Charles. Ligaria para ele em seguida. Estava feliz com o desfecho, e Diogo também.

Agora estava livre, ninguém mais a procuraria. Disse a ele que iria embora da casa de Marc e ele pediu que ficasse até o dia seguinte, pois já tinha providenciado seu jantar com um vinho fantástico para ela comemorar. Riram muito e relaxaram por uns minutos ao telefone. Em seguida, ligou para Charles e ficou comovida com as palavras dele. Ele agradeceu, lamentou tê-la colocado em risco e disse para tirar mais uns dias de folga. Ela aceitou, disse que quando retornasse a Paris, o procuraria para conversarem sobre uma maneira diferente de ela continuar trabalhando na agência de notícias. Ele se disse aberto a negociações e ela desligou, feliz.

O jantar e o vinho chegaram quinze minutos depois. Ela achou que Diogo tinha exagerado. Havia uma linda travessa de massa e o cheiro de camarão estava divino. O vinho era de excelente safra, e havia também um champanhe francês. O mordomo disse que arrumaria a mesa para ela, ela tentou recusar, mas ele se adiantou para a cozinha e ela ficou sem ação. Agradeceu e resolveu tomar um banho, despediu-se subindo as escadas.

Pouco tempo depois, estava de jeans e camiseta preta descendo as escadas e Tom a seguia. Lembrou-se de ter deixado a TV ligada e a desligou antes de se dirigir para a cozinha. Lá chegando, assustou-se com a mesa. Estava muito bem posta, com uma louça muito bonita que ela não conhecia, toalha e guardanapos de linho brancos e o champanhe dentro de um balde com gelo. O espanto foi maior ao ver que a mesa estava posta para duas pessoas. Sem entender, resolveu ligar para Diogo, mas ninguém atendeu. Virou-se para Tom, que havia deitado junto à mesa.

— Será para nós dois, Tom? O que acha?

O cachorro a olhou ao reconhecer seu nome, e em seguida fechou os olhos para uma soneca. *Só podia ser* — pensava Sofia, divertida, ao se lembrar que Diogo havia dito que não viriam porque tinham um compromisso. Será que tinham mudado de ideia? Ou o mordomo teria se enganado? E o champanhe? Seria para comemorar a notícia de que estava salva? Só podia ser. Não entendeu muito bem, mas resolveu relaxar porque não havia nada mais a fazer.

Resolveu abrir o champanhe, e depois de lutar um pouco com a rolha, esta pulou longe, fazendo o barulho habitual. Tom levantou-se num salto e ela achou que tinha assustado o cão, que saiu da cozinha em direção à sala. Serviu sua taça com o líquido borbulhante e recolocou a garrafa no balde. Quando ia levando a taça aos lábios, parou no meio, em choque, ao ouvir uma voz que jamais esqueceria na vida, vindo da porta de entrada da cozinha e quase a fazendo cair para trás. Sofia girou a cabeça e cravou seu olhar no homem à sua frente.

— O que estamos comemorando? — disse a voz dele, se materializando no meio da cozinha. Vestia um casaco preto e cachecol, trazia uma pasta em uma das mãos e uma mala na outra, e a olhava sorrindo. Tom pulava na mala e tentava se aproximar do dono, eufórico. Sofia caiu sentada na cadeira e nem sorriu. Estava petrificada pelo susto, a cor se esvaiu do seu rosto.

— Você, aqui? — falou, num murmúrio.

Ele abriu o sorriso ainda mais.

— Não deveria?

Ela se levantou de um salto, totalmente sem graça, e pousou a taça sobre a mesa.

— Claro que sim, a casa é sua... eu é que... desculpe... — não sabia o que fazer e sua atitude mostrava isso claramente.

— Desculpe o susto que eu te dei. Sabia que estava aqui, o Diogo acabou de me contar. Eu que entrei assim... — sorria sem graça para ela agora.

Colocou a bagagem no chão enquanto falava. Tirou o casaco e o colocou num dos bancos da cozinha. Tirou o cachecol do pescoço e voltou a observá-la enquanto fazia festa no cachorro, que começava a se acalmar. Sofia continuava surpresa e com o rosto sério, seus olhos levemente arregalados, suas mãos ainda trêmulas pelo choque da presença dele. Não entendia direito o que ele estava dizendo, e além de surpresa, agora estava confusa.

— Como assim? Não sabia que eu estava aqui na sua casa?

— Mais ou menos, falei rápido com Diogo ontem e acho que não entendi direito o que ele disse. Mas assim que meu avião pousou, havia um recado dele — se aproximou da mesa e serviu-se de uma taça da bebida, fazendo um gesto para brindarem. Reparou na mesa bem-arrumada e pensou que deveria ser obra do amigo, que não lhe dera muitas dicas sobre isso.

— Estamos brindando a quê?

Ela sacudiu a cabeça pensando no que Diogo fizera, tentara unir os dois, havia armado tudo, se aproveitado do momento dela para colocá-los juntos. Não sabia se ficava com raiva ou apenas ria do plano dele. Começava a entender um pouco as coisas, ou pensava que estava entendendo, embora Marc não estivesse ajudando a esclarecer nada e ela até acreditasse que ele não sabia de nada mesmo. Encarou Marc e aproximou a taça. Ele esperava pacientemente, observando-a em silêncio.

— Marc, me desculpe. Pensei que soubesse que eu estava aqui, invadindo sua casa. Diogo aprontou conosco. Eu ia brindar a uma notícia do jornal, você nem deve saber do que se trata, então proponho um brinde à nossa surpresa, a este encontro, pode ser? — ela falava depressa, tentando aparentar uma calma que estava longe de sentir.

Ele estava bonito como sempre. E poder olhá-lo, beber champanhe com ele, depois do sufoco que passara nos últimos dias, a deixava quase feliz. Só não estava mais porque era muita coisa para assimilar, tudo ao mesmo tempo. Ele continuava olhando, agora mais intensamente, observando-a melhor.

— Bem, por hora pode ser a este encontro... digamos... surpreendente?

Brindaram se olhando, ela se sentou e ele também.

— O cheiro está bom! Diogo se esmerou em tudo... A mesa está ótima! — ele disse, enquanto destampava a travessa aquecida pela chama pequenina do *réchaud*. Voltou a olhar para ela enquanto servia mais champanhe para ambos.

— Vamos aproveitar e jantar enquanto está quente, com licença — levantou-se, foi até a pia onde lavou as mãos e aproveitou para arregaçar as mangas da camisa branca.

Ela o observava e tentava, sem sucesso, fazer suas mãos pararem de tremer. Resolveu apoiá-las no colo enquanto ele voltava à mesa.

— Sabe, não consigo comer nada em avião, aquela comida não me agrada, por isso estou achando ótimo este jantar. Posso servi-la?

Ela aceitou em silêncio. Começaram a comer. Ela bebeu um pouco mais antes de encará-lo.

— Estou aqui na sua casa porque tive um problema de

trabalho, é uma longa história, mas já resolvi, portanto, sairei amanhã cedo. Diogo foi quem me convenceu a passar esta noite aqui... e... — ele a interrompeu.

— Gostaria de ouvir a história. Acho que um dos motivos porque sempre acabamos tendo problemas é que não conversamos muito... é... e acho que isso... bem, às vezes não é bom... — ele gaguejou um pouco no final e ela lhe sorriu pela primeira vez. Finalmente, era o Marc que ela conhecia, e estava entendendo o que ele dizia, mesmo parecendo confuso ou soando como uma reclamação, mas sem ser. Encostou-se na cadeira e o observou.

— Vou te contar tudo, porque vim parar aqui, além da confusão do Diogo ou do plano dele para provocar este encontro.

Sorriram um para o outro e ele serviu mais bebida para ambos, antes dela começar a falar. Durante todo o jantar Sofia relatou em detalhes a história da investigação e morte dos jornalistas franceses. Ele a escutava e, vez ou outra, tecia algum comentário ou perguntava alguma coisa. Ficou chocado com o fato de ela ter corrido risco de vida. Sofia nem sabia como conseguia contar, ou mesmo conversar tão tranquilamente sendo observada por ele o tempo todo. Ela também o observava com emoção, as mãos que seguravam os talheres e que chamavam sempre sua atenção pela beleza e perfeição, os dentes muito brancos, os olhos de um brilho tão intenso. Reparou até na faixa de pescoço que aparecia acima do colarinho, no cabelo que ele alisava para trás da orelha vez ou outra, na sua boca quando bebia um gole do vinho. Olhava e continuava falando sem parar, porque sentia que se parasse iria voar sobre ele, dar vazão à imensa atração que sentia.

Percebeu como sentira saudades dele, da conversa, dos beijos, das mãos e do corpo. Começou a pensar que não conseguiria chegar ao fim da história, mas conseguiu e até mesmo suspirou no final. Ele notou e lhe sorriu. Ela recostou-se na cadeira e o encarou.

— Fim da história. Desculpe, se me estendi muito...

— Não, estou impressionado com tudo isso! Muito difícil avaliar o que você passou. Ainda bem que o Diogo te ajudou, acho ótimo que tenha vindo para cá — serviu mais vinho para os dois, colocou seu guardanapo sobre a mesa e sorriu, sacudindo a cabeça como se estivesse aturdido com tudo que ouvira. — Você não precisava ter corrido esse perigo, não é?

— Diogo falou a mesma coisa. Mas faz parte da profissão, eu é que não estou acostumada. Sei lá. Não pretendo continuar com esse tipo de assunto... Vou me limitar às artes, aos meus documentários... — ela sorriu de volta e ele propôs um novo brinde.

— Brindemos a isso, então! Fim do caso!

Voltaram a se encarar. Ela agora não sabia mais o que dizer, nem o que fazer. Resolveu se levantar e colocar os pratos na pia, ele a ajudou, movendo-se no mesmo ritmo. Se ofereceu para fazer um café e ela aceitou. Observou quando ele se virou para a cafeteira expresso e admirou suas costas, o cabelo junto ao colarinho, foi descendo os olhos, passeando pelas costas largas e os quadris, e sacudindo a cabeça, resolveu parar de olhar antes que ele percebesse.

Resolveram tomar o café no sofá da sala, Tom sempre aos pés de Marc. O cão estava visivelmente matando as saudades do dono. Sofia o acariciou rapidamente quando se sentou com a xícara nas mãos.

— Pois é, Diogo ficou preocupado mesmo. Quando ele se torna amigo de alguém é assim, toma conta, faz tudo para ajudar. Por isso ele te convenceu a ficar aqui... — disse Marc, olhando para ela com firmeza.

Ela retribuiu o olhar com um sorriso, antes de beber um gole do café.

— Só assim mesmo, forçando um pouco, já que não me respondeu nas outras vezes em que tentei conversar...

Ela terminou rapidamente o café e colocou a xícara sobre a mesa, quase ao mesmo tempo que ele. Ele sorria. Ela recostou-se no sofá antes de comentar, precisava continuar parecendo calma.

— É, mas ele mentiu quando disse que você estava a par... e eu... bem, achei que não tinha por que retornar sua ligação, já havia passado um bom tempo e as coisas não ficaram muito claras... — o que ela dizia estava confuso até para si mesma, mas não conseguia uma clareza maior com ele ali, tão perto, ao seu alcance, depois de tanto tempo.

— Isso, porque você não quis, foi embora sem me dar a chance de explicar a foto do jornal e o que havia de fato — ele a interrompeu, bruscamente, e ela ficou calada, olhando para ele. — Era apenas um namoro, e os jornais, como sempre, aumentaram. Não havia casamento planejado. Eu precisava justamente terminar com ela naquela noite, porque não fazia o menor sentido continuar depois que nos reencontramos... mas por que eu deveria ter mencionado isso em nosso encontro? Ia explicar depois, talvez.

Ela se levantou quando ouviu isso e ele sorriu. Sabia que ela estava nervosa, pois ia começar a andar pela sala.

— Sofia, sente-se aqui, fique calma, não interprete erradamente o que estou tentando lhe dizer, por favor — ele esticou sua mão direita na direção dela enquanto com a outra tocava o sofá, fazendo sinal para que se sentasse perto dele.

Ela acabou obedecendo, aceitando a mão estendida. Hesitou um segundo, apenas; ele permaneceu com a mão dela na sua enquanto ela, já sentada, olhava para ele. Sofia sentiu como se uma corrente elétrica estivesse entrando pelo seu corpo através do contato das mãos dele nas suas. *Como este homem podia ter tanto poder* — pensava, enquanto o olhava num misto de fascinação e arrebatamento. *Será que ele podia perceber o poder que exercia sobre ela?*

— Eu não tinha por que te falar sobre ela, a relação estava a ponto de terminar... Ela me fez companhia naquele jantar, eu só não contava que fosse sair aquela foto, justamente no dia seguinte.... Nem fiquei preocupado, estávamos apenas lado a lado, já tínhamos até conversado. Quanto a você, eu já tinha entendido o que tinha acontecido com aquela matéria sobre o Diogo... mas fui cabeça dura na época. Fiquei frustrado... estava sozinho há muito tempo quando você apareceu, e interessado demais para conseguir superar aquilo. Depois entendi fui um idiota. Me perdoe! — deu um suspiro, como se para tomar fôlego.

Ela, sem querer, apertou mais a mão dele, ainda entrelaçada na dela. Ele aproveitou, levou a mão aos lábios e lhe deu um beijo rápido. Ela sentiu-se a ponto de ter uma coisa, ele iria perceber o que estava se passando se ela continuasse assim tão perto. Aquele simples beijo mexera muito com ela. Mas ele foi mais rápido e voltou a falar.

— Há muito tempo eu queria te falar, isso tudo e muito mais. Eu, hum... sei que talvez para você não seja mais assim, mas... hum... para mim, ainda... É, você consegue entender o que estou tentando dizer? — tinha voltado a gaguejar, o que não havia feito até agora, e ela adorou, não pôde deixar de sorrir. E assentiu com a cabeça, o encorajando. Ele engoliu em seco, antes de continuar. Sofia o olhava fascinada.

— O que estou tentando dizer é que você é muito especial para mim. Não quero continuar vivendo assim... digo... separado de você. Quero retomar do ponto em que paramos, mas quero que fiquemos juntos, entende?

O olhar de Sofia foi das mãos para os olhos dele, seu rosto muito sério quando disse as últimas palavras.

— Sim, eu entendo. Mas moro em Paris, e embora tudo tenha mudado depois daquele crime... cheguei a pensar em voltar para cá, mas ainda não decidi exatamente o que fazer com a minha vida profissional... bem, também quero ficar com você.

Ele sorriu e se recostou no sofá, suspirando. Ela começou a rir, *ele está relaxando agora* — pensou. Ele voltou a se aproximar, lhe deu um abraço e ela retribuiu, aspirando o perfume dele, assim tão de perto. Ele acariciou suas costas suavemente e ela o imitou. Sentia que seu coração estava perto de explodir de tanta felicidade e achou que ele de fato poderia ouvi-lo bater. Ficaram um tempo abraçados e o silêncio foi quebrado novamente por ele.

— Que alívio saber que você sente o mesmo... — ele se afastou e a encarou, bem de perto agora. Ela olhava para os lábios dele e só pensava no beijo, mas quando já ia se aproximar ele a afastou um pouco, ela o olhou sem entender.

— Desta vez quero falar tudo antes de irmos para a cama... desculpe eu falar deste jeito, mas não quero que fique nada sem ser dito, ou interpretado errado, entendido errado, sei lá... tô louco para te beijar desde a hora em que entrei naquela cozinha, mas desta vez é sério... quero você comigo, não só na minha cama hoje ou amanhã, mas sempre. Juntos, porque não consigo mais viver longe de você. Eu te amo, Sofia, é isso!

Ela o beijou antes que ele tentasse evitar. Não podia mais. Olhava suas mãos, sua boca e só pensava que estavam muito próximos, próximos demais para que ela conseguisse resistir. Ele retribuiu, mas um minuto depois a afastou novamente e a olhou com firmeza. Ela o olhava ternamente, sentia todo o seu corpo tremendo de excitação por estar tão perto, louca, querendo muito mais.

— É exatamente o que eu quero também. Só você me interessa, desde o começo. Eu também te amo, Marc. Mas agora será que a gente poderia parar de falar e matar as saudades? Estou que não me... hum, você entende o que estou dizendo? — ela sorriu, porque agora era ela quem gaguejava, e ele riu também ao perceber isso.

Mesmo no estado de nervosismo em que estava, chamaremos assim, Sofia soube que ele pretendia beijá-la. Ele a puxou deliberadamente para o meio das pernas. Ela roçou o quadril na parte interna da coxa dele e isso enviou ondas de prazer por todo o seu sistema nervoso. Viu os lábios firmes e sensuais dele vindo devagar de encontro aos seus. Com um gemido abafado, encostou-se mais e sentiu algo explodir dentro de si. Ficaram muito colados, se abraçando com muita força, o beijo foi demorado, degustado, como os dois tanto desejavam. Saudoso.

Sofia sentiu que uma lágrima descia enquanto seus lábios estavam selados em um beijo maravilhoso. *Sim, finalmente, estava resolvido* — ela pensava, enquanto sentia a felicidade crescer com o calor do corpo dele, sua pele colada à dele, a pressão daquela boca dentro da sua.

Tom os olhou, voltou a se deitar no tapete aos pés de Marc e fechou os olhos. Talvez, se pensasse, como algumas pessoas afirmam que é possível para um animal, pensaria algo como "Acho que agora já posso dormir, eles vão se demorar nesse sofá..."

Diogo e Fil comemoravam em casa após o jantar. Se até aquele momento não tinham notícias, nem de Marc nem de Sofia, era um bom sinal, de que tinham se entendido, afinal. Não receber notícias era sempre bom. O empurrãozinho de

Diogo tinha funcionado, enganara os amigos por uma boa causa.

Entre outras coisas, conversavam sobre Débora, a amiga de Sofia, e como ficaria feliz quando soubesse no dia seguinte, de volta da viagem à Itália, que o casal havia se reconciliado. A festa de seu casamento seria um acontecimento maior ainda, agora que todos poderiam comemorar o amor.

Os dois sorriram um para o outro e brindaram a isso:

Salut!

Esta obra foi composta em Minion 11/14.
Impressa com miolo em offset 75g e capa em cartão 250g,
por Createspace/Amazon.